문학과지성 시인선 558

주소를 쥐고

윤은성 시집

문학과지성사

문학과지성 시인선 558
주소를 쥐고

초판 1쇄 발행 2021년 9월 1일
초판 5쇄 발행 2024년 3월 8일

지 은 이 윤은성
펴 낸 이 이광호
주 간 이근혜
편 집 박선우 최지인 이민희 조은혜 방원경
펴 낸 곳 ㈜문학과지성사
등록번호 제1993-000098호
주 소 04034 서울 마포구 잔다리로7길 18(서교동 377-20)
전 화 02)338-7224
팩 스 02)323-4180(편집) 02)338-7221(영업)
전자우편 moonji@moonji.com
홈페이지 www.moonji.com

ISBN 978-89-320-3894-0 03810

이 책은 서울문화재단 '2020년 첫책발간지원사업'의 지원을 받아 발간되었습니다.

문학과지성 시인선 558

주소를 쥐고

윤은성

시인의 말

그러다 구름이 더 모이면
잠깐은 우리인가 하면서.

2021년 가을
윤은성

주소를 쥐고

차례

3부 부서진 식탁에 놓아둔 것들

4부 새벽녘의 플랫폼이 서서히 밝아오는 것과

제5부 유월의 숨

해설

1부
주소를 쥐고

해解와 파열

흔들리는 문에 기대어 생각한다.

비열을. 비열이 비열한 자들의 통행증*이라는 말을. 관성을. 저녁을. 평온이 평온한 자들의 영원성일 것이듯이.

호흡이 이어지는 날들의 주머니 속 지폐를.

달걀 프라이가 놓여 있는 식탁과.

티브이를 켜두고 외출한 사람들이 돌아갈 때의 양손. 늦게까지 열려 있는 베이커리의 위치와. 틀린 정산을 자책하며

마감을 미루고 있을 점원을.

녹슨 쇠의 냄새가 가시지 않는

희미한 잠들을.

*

쇠못 두 개가 바닥에 놓였었다.

박혔다 빠진 못이 두 개가 놓였었다.

길을 잘못 들어선 가난한 여행자처럼

어리석어 보이는 두 개의 굽은 못이
거기 자고 있었다.
표정과 조언의 습기가
관을 둘러싼 유령처럼 떠돌고
잡을 수 있는 손 없이 해명할 입 없이
그저 놓인 못이 인간처럼 누웠었다.

그 방이 빠지는 데에는
한나절도 걸리지
않았었다.

*

돌아오며 적는다. 결국 외출은 탈의가 불가능한 피곤을 겹쳐 입고 끝나는 것이라고. 아무런 표정도 짓지 않기 위해 힘주며 끝내는 것이라고.

겹쳐서 적는다. 우리는 어째서 서로와 더불어 희귀해지지 못했는가. 회답을. 비열을. 비열의 또 다른 범주들을.

또다시 시작되는 겨울과
닥쳐오는 말일들을.

형태를 알아볼 수 없게 된
녹슨 쇠못의 손가락을.

* 베이다오北島, 「회답回答」.

비단길앞잡이

여기만 지나면 마을이 나온다고 그가 말한다.
터널 안에서.
우리를 지나치고 있는 생각들 안에서.

빛. 따갑다. 우리는 드러날 것이다.
각자의 바뀐 옷가지를 그대로 걸치고서.
아이의 형상에 또 다른 아이의 형상을 겹치면서.

운전대를 쥔 그의 손이
내게서 멀어진다.

그가 다리 위에 서 있다.
내가 그의 사진을 찍어준다.

빛. 날벌레들이 달라붙는 오후.
그의 뒤로 조깅하는 커플이 천천히 사라진다.

굴뚝.
연기.

그을음이 인 것 같은 얼굴.

목이 탄다.

시기가 도무지 기억나지 않는 이사를 한 적이 있다.

아마도 그가 도와주었겠지. 내가 혼자서 마칠 수는 없었을 때니까.

그는 광장을 배회하고 돌아오곤 했다. 나도 같이 가자고 말한 적이 있었다.

군중에 섞였고. 옳은 것이 있었고.

여기만 지나면

한 번도 발 디뎌본 적 없었던 마을이.

안팎.

이분二分.

백일하.

다시 계속되는 터널.

우리가 우리라는 공기로 덮일 수 있었을 때.

해가 지게 될 것인데.
따가운 빛일망정 사라질 시각이 올 것인데.

길이 넓고 환하고.
서로를 놓게 되는 오후.

아주 작은 너를 봤어.
나를 모르는 너를 봤어.
멀리서
이미 터널의 밖에 있는
내가 모르는 너를 봤어.

갈증이.

갈증이.

계약

트렁크를 끌고서
켄트 씨가 걸어간다.

그녀가 오지 않을 것이라고
의심한 적은 없었다.

연락이 가끔 더뎠고
계좌에 잔액이 줄었다.

일을 구하는 것이 늦어지고 있었다.

유리문 밖에는 소년들이
담배를 피우다 돌길을 걸어
사라지고 있었다.

켄트 씨는 그런 춥고 느린 장면들이
함박눈이 내리는 길고 긴 오후의 인상처럼

기억에 남을 것이라 생각되고 있었다.

천천히 낙하하는 눈을
좋아하는 켄트 씨는

자신의 트렁크 안에 비가 내린다고 했다.

열면 멈추지 않고 우는
신들의 얼굴이 보인다고 했다.

그러한 신들 역시
끌어안을 것을 모두 놓친 것이 아닐까
생각된다고 했다.

양남

버스가 멈추고
승객들이 내리고

먼 곳의 나를 보았다고 켄트 씨가 말한다.

누구도 줍지 않는 작은 동전 같고
어느 날 뚫려 있는 주머니 속 구멍 같고
이사에 사용한 트렁크의 덜컹이는 바퀴 같은

애인을 보았다고
켄트 씨가 말한다.

별이 있고
버스와 승객들이
모두 사라지고

나보다 큰 트렁크를 옮겨다 준 적 있는
내가 그의 외투를 돌려줘본 적 있는
사라지기 전의

켄트 씨가 말한다.

*

손을 얼굴 안에 넣어봐도 됩니까. 감추고 있는 주먹을 펼쳐볼 때가 있듯이. 남아 있는 얼굴을 지도처럼 보이게. 너무 자란 손가락을 가로수처럼 보이게. 골목들이 많더라도 막다른 곳도 있도록. 잠깐 사라지더라도 다시 나타나도록.

*

여기로 정하려고.
길이든 계단이든 어디든.
이 지역은 해마다 더 추워지려고 해서.
자꾸 애꿎은 켄트 씨를 내가 썼다 지웠다 하고.
불렀다 불었다 하면서 그를 못살게 굴고.
가계부를 쓴다거나
죽어가는 화분을 살리려 노력한다거나.

슈퍼에 다녀온다거나
맞춰둔 알람을 다시 확인한다거나.
지하든 옥상이든
엉켜 있는 공중의 전깃줄이든.
어디든 정하고 다음 날은
눈을 떠야 한다면.

잠깐은 안전해도 된다면
켄트 씨와 앉아 있고 싶다.

매일 보던 새들이 없고
낮이 밝고 창밖엔 또 누군가가
버스에서 내리고 사라지고

*

이러한 이야기를 켄트 씨가 했는지 내가 했는지, 나의 오래전 동료들이 나눠준 얘기들 중 하나인지 기억이 나지 않는다. 이런 것이 켄트 씨와 나의 밀밀. 죽고 일어나

적고 산다. 이 공중에서는
  아침까지 잘 자고 일어나
  얼굴을 씻으려고 한다.

주소를 쥐고

어려운 일은 아니다. 이제는 기다리면 되니까. 하차한 바로 그 자리에서 만나기로 했으니까. 사람들은 지나간다. 마주할 일이 있다고 하면 겁을 먹기도 하면서. 더 많은 노력을 한 사람이 누구인지 견주면서. 거대한 밤과 통로.

폭죽을 터뜨리고 싶다.

그러나 어디로 가든지 상관이 없다는 게 어떤 선을 그어대도 괜찮다는 뜻인 것은 아니었다는 생각. 안내견과 그의 주인이 지나가고. 동행인의 옷깃을 쥔 노인이 천천히 지하도로 사라지고.

멀다.

나는 계속 기다린다. "왔구나"라는 말을 대신할 말을 찾으면서. 보이지 않게 된 사람들이 다시 나타나는지 건너편 플랫폼을 살피기도 하면서.

겨울을 여기서 맞는다면 커다란 커튼을 살 것이다. 창을 다 덮고도 바닥까지 늘어뜨려지는. 닦거나 감싸거나 누군가 잠시 숨겨줄 수도 있는.

왔구나.
왔구나.

손을 쥐었다 펼쳐본다. 한번 죽어본 사람처럼. 여기에도 새가 산다. 여기도 새가 살고. 밤이 되면 어둡다.

가방을 끌어안고 벽에 기대 조는 아이.
아이와 인사를 주고받고 싶다.

깨진 거울 치우기

꿈을 꾸지는 않았구나

너무 멀었을까

아직 새벽이라서

죽은 척하지 마

달려가는구나

멈춰도 되었을까

찾기는 찾았는데

*

고개를 숙이지도 못해서

하늘만 바라볼 장소들

심호흡으로 만들어진

작고 단단한 사람들과

서로가 가리킨 방향대로

길을 찾아가던 우리들

*

못 보던 풀들이 자라
여기는 좀 서늘하네
저쪽은 좀 따뜻하고
오래 버려두면 아무것도
할 수 없다는 말 같은 거
모르고 베인 살갗처럼
눈앞이라는 말 같은 거
등 뒤에서 열리는 귀
살아 있는 토끼와
약음기弱音器를 찾고 있는
매일의 마음 같은 거

*

……고개를 숙이지도 못해서
……심호흡으로 만들어진
……서로가 가리킨 방향대로

*

햇빛이 여기에 오는 거
담장에 앉아서 낮 동안
마르는 것들을 보고
순간 사라지고 어딘가
녹지 않은 흰 눈의 낮

내가 팔을 벌리는 거
여러 갈래의 표정에
잠을 덮어주는 거

대림에서

비가 곧 올 것이라고 한다.
어디에서 이 말을 들었는지 모르겠다.

그대는 또 걷고 있는 사람의 모습으로 창밖에 생겨난다.
밖에 아직 빛이 많고. 여기도 아주 밝다.

새가 떨어져 있을 것 같다.

털실을 감으며 지나가는 사람들은 이곳을 저녁이라고 한다.
과일과 생선을 고르러 나오는 사람들은 이곳에 아이 혼자 보내기를 꺼린다.

시장이 내다보이고
좁은 골목에서 사람들이 어느 틈엔가 모두 빠져나가고

나는 다시 손님을 기다리며 흰 바닥을 닦는다.

저녁이라는 말은

장례 행렬이라는 말과 비슷한 기분을 갖게 한다.

장작이 타오르는 느낌이 드는 것도.
언젠가 소각하려던 메모들을 지금 떠올리게 되는 것도.

*

비가 곧 온다고 해. 바닥이 발자국으로 뒤덮인다는 거고. 그러면 여기가 바닥인 걸 잊지 않게 되겠지. 자꾸 무언가 알아채는 사람들. 낮이 길어졌다고들 한다. 야비해지지 않으려고 식사를 한다고들 하고. 야비해졌기 때문에 식사를 하는 나 역시 그렇게 바꾸어 생각해도 될까.

정산을 마무리하고 막차를 타러 갈 시간인데. 나는 무엇을 먼저 해야 할지 종종 잊게 되고 만다.

너는 가지 않았구나.
남아서 조금 더 알아챌 게 있다는 듯. 남아서 좀더 바닥을 더럽혀놓기라도 하겠다는 듯. 반갑고, 얄궂고, 너를 혼자 두어야만 할까. 나는 곧 문을 잠가두려고 하는데.

젖은 털옷이 너의 어깨에 덮여 있다. 자꾸 어디로 풀려나가는 물의 줄기. 어디서부터 비를 끌고 온 거니. 바닥과 면적이란 말들은 삼켜둔 말을 가진 어린 사람의 표정이 떠오르게 하고. 그리고 또 저녁이. 열차가. 행렬이. 살아 움직이며 나를 물끄러미 바라보는 너의 젖은 빛들이. 날아가는 새 뒤로 떨어지는 깃털이. 열지 못한

내 앞으로 남겨진 기록들이

떠오르게도 한다.

묵념을 하려는 사람처럼.

빈소에 따라오지 못한 반려견처럼.

그 앞 단단하게 잠겨 있는 문처럼.

날씨란 많은 날을 떠올리게 하지만, 또 그 무엇도 제대로 해내지 못할 것 같은 기분이 들게 하지. 일기예보를 듣는 것은 신나지는 않았잖아. 잃은 것이 있어도 되찾으러 오지 못하는 일상에게는. 점점 무표정을 배우게 하는, 지나가는 목소리들이 스쳐 가는 여기서는.

무탈하게 잘 돌아와 웃으며 일을 하고. 내가 본 가장 깊었던 바닥은 조용하고 어두웠어. 열리지 않는 문을 가지게 되는 것으로부터 얻은 것이 있었다고 한다면 믿어줄 수 있겠니. 열리지 않는 문들로부터 내가 조금은 천천히 웃기도 한다고 하면, 너와 무관한 일이겠니.

*

퇴근을 하시냐고 물었는데
빈소를 혼자서 청소하는 여자는
지금 남편에게로
가는 길이라고 해.

사라지는 사람들은 종종걸음을 치며 멀어지지.
어쩌면 그보다 조금 느리거나 빠를 뿐.

*

이제 이 골목에는 이곳만이 빛을
마지막까지 꺼뜨리지 않고 있다.

겨울이 시작된 이후로
눈을 자꾸 깜빡거리게 된다.

무표정한 바닥이
할딱이며 밭은 숨을
쉬게 되기도 하고.

미드레벨 무빙워크

홍콩에 가서 살 것이라고 했지
물론 또 다른 데서 살고 싶어지겠지만
아무래도 상관은 없다고 했지
우리는 평생 일상이라곤 가져볼 수 없는
사람들인 것 같으니까
지킬 것 없어진 사람이란 늘 그래
그런데 어째서 너는 나를
한심한 눈빛으로 보는 거지?
주머니에 잔돈이 얼마가 남아 있나
아직도 확인이 필요하니?
꿈을 이룬 뒤라야만
서로를 다시 찾아갈
용의가 생기는 것은 아닐 텐데
하나만 더 물어보자
너는 어째서
너를 필요로 하지 않는 사람과만
사랑에 빠지게 되는 거니

날의 지속

나무와 고래가 누워 있다

좋은 일이라고
그는 말하고 잠든다

어깨와 눈썹이 잠기는 깊이

미리 지치고 아침엔
여러 개의 가지가 돋을 것이라는 듯

매트리스가 천천히
벽 속으로 들어간다
좋은 일이라고
그는 말하고 있다

여기선 간격이 되기 위해
그 어떤 노력도
안 해도 상관이 없는데

그의 호흡은 가느다랗다
잘못 긁힌 빰처럼
안이 없는 선처럼

보도 위의 습기들이
빠르게 얼어붙는 시간

두 개의 잠이 누워 있다
얇은 바닥을 나눠 덮고

고래가 나무를 덮는
불긋한 자국처럼

밤의 결정

눈이 감겨온다
종일 쇠문을 닫는다
우리의 작업복은 젖었고
고양이는 나간다

문이 여닫힐 때마다
그 안의 나무들이 기울고
깔고 앉은 책들에서는
더 이상 불이 타오르지 못한다

당신은 외투를 집어 들고
해변으로 걸어간다
얼기 시작한 귀를 뜯어내어
막 떠오른 흰 새에게 붙여준다

닫힌 문 안쪽에서 말들이 뛰고
멎지 않는 피처럼 눈이 내리는 저녁
망치질 소리가
내 귀 안에 쌓이고

귓속 어두운 복도에
못과 발톱이
언제든 하나씩은
바닥에 떨궈져 뒹군다

우리가 있었고, 여름

열차는 여름내 정차해 있었다
객실 안에서 해가 뜨고 지는 것을 봤다
신문이 필요한 시간이었으나
소식이 정말로 어딘가에서 모이기도 하는지
알기는 어려웠다

그는 나에게 피차 무의미한 언쟁은 더는 하지 말자고 했다
분명한 것이 없는 만큼 그냥 좀 있자고 했다

바꾸어 가질 수 있는 그 무엇도 남아 있지 않을 때

그의 가지런한 손가락과
짐 속에 남아 있던 녹슨 관악기는
누구도 필요로 하지 않고

누군가 자주 우리를
등쳐먹으려고 했다

*

지금까지의 희망의 작은 방식들

이를테면

알람을 맞춘 후 깨기 전에 죽고,
지나쳐 간 통로에서의 얼굴들을 가끔은 위에서 내려다보고,

이 역의 이름이 무엇이었는지 따위
어느 좌석에 누가 앉았는지 따위
몇 번 플랫폼에서 모르는 시가지가 가장 잘 보이는지 따위
누가 더 한곳을 바라보며
오래 앉아 있었는지 따위

보이지 않게 된 사람들을 잊었다는 데에 다시 한번 놀라고

다시 무덤덤해지기를 반복하고 있었다

아이들이 제 부모의 잠든 얼굴에 입 맞추며
알려준 적 없는 나라에서 선생이 되고 엔지니어가 되는 꿈을 속삭이고 있었다

*

놀랍네, 며칠째 아무것도 먹지 않았는데
싸움을 걸 수도 있다니
그는 더욱 무심해지고
더 깊은 잠에 빠지고

먼 하늘에 움직이지 않고 있는
애드벌룬이 보였다

*

오래 함께 멈춘 애인이

뒷모습만 남은 유기견 하나가
이제 막 깨어나

내게 살길을 찾으라고 말한다

그건 내가 이전에 했던 것과 같은 표현

*

내가 아는 너의 부모는
생각보다 선량하고 눈물이 많지
그것은 너의 표현

공유한 것이 많았다

네가 깊이 잠들도록
가능하다면 너의 낮을 잠시 꺼주고 싶다

이 여름의 습기가 옷에 배었다

목 안에서 그간
여러 차례 꽃이 피고 졌다 물론
너의 손가락 마디들을 만지며 잠들 때의
이야기
지금은 아주 붉구나
움직이지 않는
먼 곳의 어둠처럼

쇠냄새가 손에 배었다
부풀어 오르는 두 개의 통조림

*

나의 어린 할머니가
동료와
맨발로 객실을 줄곧 돌아다녔다고 했다

2부
아음牙音의 파열

원탁 투명

언니가 아주
오래전부터 알았던 것처럼 느껴졌다
견디는 게 아니라 통과하는 거라고*
거기까지라고, 네가
네 길 가면 된다고

부디 깨지지 말라고

그렇게 녹아도 되는
그렇게
지켜져도 되는 날이라니

나는 통과라는 말을 누구에게
빼앗기지 않고, 헐값에 줘버리지도 않고
간직하려는 생각으로

먹태를 집고 또 집어
오래 씹어 삼켰다

*

나는 계속 천천히 걷고 있다
진심과 진실과 약간은 불필요한 회고를 지나고,
나도 수긍하며 크게 놀라기도 하며

원탁 위
사실들의 얼굴이
무섭고 또 다정하다고 생각하며

*

해보려고 해도 안 되고 열받은 건
나일뿐이라는 건가

미리 녹은 내가 멀리서 그를 바라본다

아직 다 지나가지 않았구나

원탁들이 서로를 지치지도 않고

통과하는 금요일 저녁

*

나를 지나간 원탁들을 모두 모아둔 창고를
불 질러버려도 된다면
그때는 더욱 마음놓고 온갖
내 사랑을 담아 태워버리려고 한다
커다란
하나의 마지막 원탁이
꿈쩍도 안 하는지 그때 가서 보기로
지금은 나의 원탁들을 아껴
나의 모든 다정을 다해
기록해두기로

나는 부드럽고
나는 이제 원탁과 원탁의 바깥에서
나를 실험하기로 한다

* 강은진, 「통증에 대한 낭만적 이해」(『달콤 중독』, 파란, 2020).

공원의 전개

영원이라는 말을 쓴다 겨울의 도끼라는 말처럼 우연히 여기라고 쓴다 공원이라고 쓴다 누군가를 지나친 기분이 들었으므로

*

모자를 벗어두고 기타를 치고 있는가 물구나무를 서고 있는 아이의 다리 위로 그대는 날아가려 하는가 발을 버둥거릴 때 옷깃을 쥐려 하는 손들이 생기고

손목을 내리찍으려고 돌아다니는 도끼

물이 어는 속도로
얼음이 갈라지는 속도로
겨울의 공원이 생기지, 해가 저물도록 벤치에 앉아서 책을 읽던 사나이여
그대의 곁에서 넘어지고 일어서는 어린 수리공들
우리는 우리의 작업을
언제든 완료할 수 있지,

그저 꽃잎을 떨구면
그저 붉은색 페인트 통을 엎지르면

상점은 짜부라지면서 물건을 토해내지, 상점의 주인처럼 주인의 집주인처럼 이빨들이 썩어가지, 그림자에서는 머리카락이 점점 길어지고 그대의 책장이 넘어가고
또 해가 저물지, 테이블 위의 물컵은 놓아둔 그대로 있는데 무엇이 여기서 더 아름다울 수 있겠는가

우리는 우리의 불씨를 사방에 퍼뜨리고 말았다네, 우는 말들을 내버려두고 그대의 오랜 신부들이 먼 도망을 준비한다

수리공이 모두 모이자
그대에게 주려던 꽃이 굳고
페인트가 빠르게 갈라지기 시작한다

화이트홀

테이블이 있다
포크와 나이프와 술잔과
마주 선 두 명의 대원이 있다

해변이 어두워진다

두 명의 대원이 창문에 비친다
그들은 내게서 멀고
나는 펜을 들고 있고
창밖에선 플래카드가 펄럭인다

두 명의 대원이 달려와
나의 식도에 불을 켜고 설탕을 찾기 시작한다
플래카드가 계속 펄럭이고 대원이 대원을 던진다

선반이 흔들거리고 손전등이 떨어진다

테이블이 어두워지고
플래카드 앞으로 전조등을 켜고서

트럭들이 지나간다

불빛의 밖에서 내가 대원을 밀고 있다

손을 가져다 대면
철골에서 끊임없이 녹물이 묻어 나오고
새로운 테이블이 펼쳐지면 나와 대원이 마주 본다

구겨진 테이블 위에 새로운 철골이 놓인다

서로를 끌어안은 대원과 대원이
녹물을 타고서 테이블 밖으로
떠내려가고 있다

파티션

내가 티스푼으로 계단을 휘젓는다 할지라도
석양이 얼음의 관절을 파고든다 할지라도

얼음의 여름이 가파르고 얼음의 무릎들은 호흡의 간격이고 나는 나의 속도를 늦출 수 없고

시계가 느립니다
1초의 간격은 어디서부터 정지한 석양입니까

기념일에 귀가하지 못하는 자세처럼 등뼈의 관념이 가로등을 닮아가고 분침이 없는 눈동자 안에 눈동자 없는 광장 안에 바람이 불지 않고

시계의 표정은 어디에서 비롯된 전차입니까
얼굴의 궤도에서 노동은 어디서 멈춥니까

*

굴곡으로만 이루어진 총탄이라 할지라도

만국기가 흩날리는 액자 속이라 할지라도

화분이 점점 느립니다 어항이 점점 느립니다 팔꿈치를 얹어놓을 탁자가 느립니다

새파란 사나이와 더 새파란 사나이 사이
유리의 벽을 생각할 때 깨지고 다시 붙는 공기의 속도
이 혈관의 지속을 멈출 수 없고

창이 지나가고 탁자가 삐걱이고 나의 팔꿈치가 기우뚱하고
고개를 내미는 자라와 고개를 집어넣는 자라와

살갗에 눌어붙은 탄피를 긁어내며
서로를 마주 보는 사나이들

나의 소울메이트

달려 나가려는 사람이 있고, 그의 앞에
어느 틈엔가 나타나 있는 커다란 벽이 있다.

이것은 부딪히기 직전의 얼굴에 관한 이야기. 숭고를 얘기하기에 사람은 다소 지쳤었다. 숭고를 얘기하지 않기에도 사람의 얼굴은 비쩍 말라가고 있었다.

숭고가 먼저 사람에게 그 자신의 이름처럼 아득히 부드러운 손길 같은 것을 느끼도록
다가와 어깨 위를 거닐어주면 좋을 텐데.

숭고는 알아갈수록 그다지 숭고해 보이지 않아서 나는 정말이지 난감했다.
무엇보다 출근을 해야 했고
중세인이 아니었고,
나는 숭고가 무겁고, 진저리 나고, 침을 뱉어주고 싶고, 싹둑싹둑 내 잡혀 있는 옷자락을
잘라놓고 싶었다.

차마 숭고를 부르지는 못한 채 지하철을 타고
주말에는 혼자 광장으로 갔다.

*

내가 아는 그 사람은 자꾸 울고 싶어 하였으나
숭고에게 그것을
자주 들킬 수는 없었다.

나도 마찬가지였다.

숭고를 통해서는 얻을 수 없는 일이라고 했다.
멱살을 쥐듯이 법전을 따져야 하고
크레인에 오르는 마음으로
똑바로 서 있으려는데.

더럽다. 더러웠고 더러울 것이다.
나는 내가 너무 숭고와 닮아갈까 봐
진저리 나고

그렇다고 숭고가 아주 나를 떠난다고 하면
그것은 또 웬 무책임일까 싶다.

곤욕이고, 더럽고 무책임이다.

여름 뚫기

아이가 돌을 던지고 달려간다. 나는 그 광경을 지나가면서 본다. 아이가 던진 돌이 창문을 뚫지 못한다.

아이가 두번째로 돌을 던지고 달려간다. 창문이 열리고 또 다른 아이가 얼굴을 내밀어 창밖을 살핀다. 나는 광경을 지나가면서 보고

계속해서 지나간다.

청년이 달리다가 나를 친다. 나는 잠시 놀라고 먹던 사탕을 내뱉는다. 계속해서 가야 하는데

청년이 되지 않은 또 다른 아이가 달리다가 나를 치고 먹던 또 다른 사탕이 툭 내뱉어지고 나는 잠시

그 자리에 선다.

아이들은 모두 같은 방향으로 뛰고 나는

나도 뛰어야 하나 고민하고 사탕을 하나 주머니에서 꺼낸다.

주머니에 사탕이 끊임없이 나온다.

주머니에서 사탕이 사탕을 지나쳐 나에게로 끌려 나온다.

아이가 자라고

멀리서 시위에 참여하고 크레인에 오른다. 아이는 외칠 곳을 찾다 이쪽으로 저쪽으로 몸을 돌리고 다시 되돌리고 아래를 내려다본다. 저 높은 곳에서 아이는 내려다본다. 나는 아이가

아이가 내게로 투신하지 않을까 생각한다.

아이를 받으려고
아래서 몸을 움직이는데

나는 또 다른 아이가 스쳐 지나가면서 내게 입술을 움직이는 것을 본다. 먼 곳으로 더 먼 곳으로 갔다가 내가 다른 것을 보는 사이 아이는 알지 못하는 곳에서부터 나

타나 나를 가만히 잠시 보고 사라진다.

말을 해
무슨 말이든 하라고

내가 외쳤고

목을 비집고 사탕이
눈을 닮은 굵다란 사탕 알이
넘어간다.

양쪽 주머니는 사탕으로 부풀어 오르고 청년이 되지 못한 그 많은 사탕이 튀어나오려고 한다.

누군가
내게는 비밀이 없다구 비밀에게나 비밀이 있는 것이니까
라고 말하고
나와

내 뒤의 노인을 치고 지나가려 한다.

올여름 늦은 비 같은 묵직한 사탕들이 후두둑
무언가 눌러둘 것이 있다는 듯
가둬두고
아이로 남겨두려는 듯 내리누를 때

생전 처음 보는 또 다른 아이가 생전 처음 보는 방향으로
나를 치고 지나간다.

무한 사선

아이들이 언덕을 뛰어오른다. 주먹을 쥔 아이가 뒤따라 걸어 오른다. 주먹을 쥔 아이에게 아저씨가 다가간다. 주먹을 쥔 아이의 어깨에 아저씨가 손을 얹는다. 빛이 너무 많아서 걷기가 힘들어요. 아이가 주먹을 쥐고 울기 시작한다. 아이들은 멈춰 서서 노트를 찢기 시작한다. 아이들은 노트를 찢어 비행기를 접기 시작한다. 아이들은 서로 같은 미소를 지으며 비행기를 사방으로 날리고 논다. 이리 와서 구경해봐, 쇠공이 얼마나 부드럽게 이마를 지우는지. 아이들은 쇠공을 던지기 시작한다. 쇠공은 주먹을 쥔 아이를 스치고 지나간다. 아이들은 발치의 비행기를 집어서 다시 사방으로 날리고 논다. 언덕 위에서 또 다른 쇠공 하나가 날아오기 시작한다. 쇠공이 순식간에 아이들의 이마를 관통한다. 아이들은 재빨리 미소를 맞춰 지으며 다시 언덕을 뛰어오른다. 아저씨가 팔짱을 끼고서 다시 언덕을 걸어 오른다. 나는 우는 아이의 뒤를 따라 언덕을 걸어 오른다. 두 눈을 꼭 감아도 눈꺼풀을 뚫고서 빛이 들어온다.

로터리를 지나고

아무려면.

유모차가 라운지를 벗어나고 있다. 우리가 앉은 테이블 옆에서 원두가 갈리고 있다. 그 밖의 소리는 분별하기 어려운. 여름의 오후. 18:15.

교차로, 오래도록 서 있는 사람. 내가 모르는 사이에 사라지고 없었다. 동료들과 나는 실없는 농담을 나누고 있었다. 멀리서 경적 소리가 들린다. 달라붙는 습기.

종종 밖에서 들리는 소리와 나를 분간해내기 어려웠다. 해가 지지 않는다. 몇 분 전부터 아무런 소리도 들리지 않기 시작했다. 몇 초에 불과한가.

몇 대의 자전거가 지나간다.
페달을 밟은 발에 힘을 주고 있는 아이.
슬리퍼가 벗겨질 것 같다.

어디로든.

연인, 그 사이의 수풀과 수동 기어. 비 오는 날 움직이지 않고 있는 와이퍼. 시동을 꺼둔 채 오래 멈추어 지도를 들여다보고 있다.

실전

결국 아무도 없는 장소를 생각해내지 못했다.

역 근처 공원들은 모두 같아 보인다.

내가 새를 배웠을 때.*
내가 새를 배웠을 때.
내가 눈앞에서 떨어지는 새들을 배웠을 때. 그 너머에 펼쳐진 건 먼지 낀 공기 속의 양평동이었다. 평평하고 텅 빈 손. 회색의 널따란 활엽수 잎.

천천히.

인사를 먼저 해야겠지.
얼굴이 필요한 일이겠고.
하루 중 얼굴에는 손바닥이 필요한 순간들이 있겠고.

사력과 순발력은 같은 말일까 아닐까.
눈을 한 번 뜨면 되는 일이라고는 들었었다.

뛰어야 하는 줄만 알았어.

나도 마찬가지. 뛰었고 또 뛰었었고.

결국,이라는 말 다음 잠깐의 침묵이 근처에 있었다.

결국 캄캄한 트렁크가 집어삼키고 있는 것. 이것은 나의 기억인가, 당신의 전망인가. 묻지 않으면

당신을 만나지 않으면

얼굴 속 새들이 죽게 될 것 같다.

또

뛰어야 할 것이라고

생각해.

미용실 앞의 얼룩진 수건들은 마르고 있는 게 맞는 걸까.

먼지가 많은 날에는 새를 뱉어야 할까, 삼켜두어야 할까.

사람들은

배낭을 메고서 내 앞으로 뛰어가
자꾸 사라지고 있는데.

* 최승자, 「내게 새를 가르쳐주시겠어요?」(『즐거운 일기』, 문학과지성사, 1984)에서 변용.

사업장

장례식장 근처에는
운구차가 다닌다.
결산을 단번에 맞춘 적 없이
떠나게 되곤 한다.
머리를 자르면 사람들은
안부를 하나 더 던져주곤 했지.
나의 머리가 나에게
꼭 어울리지는 않는다.
단번에 지어지는 그대의 표정을
단번에 이해할 수 없을 때
이것은 그대의 정치일까
나의 맞춰지지 않는
결산일까.

선셋 롤러코스터

네가 찾는 그 아이는 창고
건초 더미 위에 있어.
가서 쓰다듬어주든가.
입을 맞추어주든가.
어쨌든 오늘이 지나가기 전에 가보는 게 좋을 거야.
걔는 벌써 몇 번 죽은 적이 있잖니.
아니 죽기 직전까지 갔다던가.
너무 여러 번 죽었다 깨어나서 자기 자신이
잿더미에서 찾아낸 뼛조각인 줄 안다고 했던가.
나야 그 앨 모르잖아.
얼마나 많은 고양이를 잃었는지도 모르고.
그 애가 무엇을 얼마나 좋아하는지 싫어하는지 알기도 어렵고.
무표정한 그 애의 얼굴을 들여다보노라면……
그래, 어렵진 않다고 들었어. 그럴지도 몰라.
그 애는 뭐랄까.
갈 데가 없었지. 놀 데 말고. 도망치고 숨을 데.
추락하는 것 말고
잠시 내려와 앉을 데.

한번 둘러볼 사람이 바로
나였다는 것을 알았을 무렵에
내가 찾았던 그 아이를 네게로 보낸 적 있었지.
유원지에 보내듯 좋은 옷을 입혀서.
몸의 자잘한 자국들을 덮은 채로.
비틀거리며 도로를 건넜었지.
다시 돌아올 것이란 생각을 안 한 것은 아닌데.
보내고 다시 데려오고,
엉거주춤 서 있는 아이에게
제발
네가 가고 싶은 곳으로
가라고
우리는 소리를 친 적 있지……

3부
부서진 식탁에 놓아둔 것들

농담

나는 무언가를 말해야 할 때라는 것을 알았다. 그는 무언가를 듣고 싶다고 내게 말했다. 차가운 손을 녹일 수 있는 모닥불이 있었고. 모닥불 곁에는 앉을 수 있는 자리가 있었고. 근처에서 물소리가 들렸다. 거기서 잠시 눈을 붙여도 되었다. 나는 그가 앉은 쪽을 향해 고개를 돌렸다. 입술을 움직였고. 나의 말소리가 들리지 않았고. 그대의 표정을 살피려고 했는데. 다시 나는 자리에서 일어나야 한다는 걸 알았다. 아는 아이들의 목소리가 물소리 너머에서 들리고. 무슨 말들을 하는 거니. 손으로 축축한 흙바닥을 더듬고 있었는데. 얼굴 앞의 모닥불은 너무 따뜻하고. 등은 서늘해오고.

그대가 모닥불 곁에 없고.

양남

1

식탁 쪽으로 당나귀를 따라서 네가 들어온다
네가 하나씩 끌고 온 굴뚝도 들어온다

낮이 이어지는 동안 나는 굴뚝 밖으로
연기를 피워 올리고

굴뚝이 망가지면 우리는
새로운 굴뚝을
누가 쓰다 버린 굴뚝을
가방에 매달아
퇴근길에 끌고 오곤 했다

숨과 온기
곧장 우리만의 작은 하늘을 하나 가지게 되는
기분들이 좋았다

다른 집들의 연기를 창을 통해 확인하고

안심이 되곤 하였다

그렇담 우리의 연기를 보는 사람들도 안심이 될지도
모르겠네

그렇게 말하는 작은
이야기들이 좋았다

2

고깔이 떨어져 있는 바닥과
태울 수 있는 것이 더 이상
남아 있지 않은 저녁

돌보지 않은
화분을 바라보며
입술을 열지도 않은 채
그냥

조금 후에 보자고

일러두는
2월

3

그것이 우리가
돌아갈 장면이었다는 듯이

부서진 식탁과 굴뚝과
자꾸 사라지는 우리들이
놓여서 견딘 시간이었다는 듯이

혹은 우리들의 일방적인 순수라도 된단 듯이

식사가 없이도 식탁이 계속 놓여 있었다

그런 게 무섭기도 하다고 했었다

텔레비전을 켜두고
일방적으로 쏟아지는 물을 받아 마시고도
새벽이면 목이 말라 깨거나

눈이 아파 서로의 손을 자신의 눈 위에
올려두어야 했다

해가 뜨는 게
폭약을 아주 천천히
던져두는 것 같았다

4

식탁으로 가려 하면

당나귀 한 마리가 보였다가
사라지기도 했다

같이 읽은 적 있는 이야기의
희고 작은 당나귀가
돌아보며 한 번씩 길게 울고 멀어졌다

그런 걸 볼 때면

나는 너를 부서진 식탁에 놓아두고
또 다른 식탁으로 영원히

옮겨 가지는
못할 것 같았다

2월의 눈

지나간 그 모든 것이 과정이었다고 생각하니 나는 켄트 씨에게 미안할 지경이 되고 말았다. 어디로 뻗을지 알 수 없는 가지들을 몸에 지닌 작은 나무처럼 우리는 몸을 웅크린 채 그 무엇도 서로에게 말할 수 없다는 것만을 깨닫고 있었으니까. 해가 뉘엿뉘엿 지고 있는 거리에선 그림자들이 점점 길어지고, 어느 물체의 것인지 알 수 없이 그림자들은 자신들의 어둠을 포개고 있었다. 너를 만나고 돌아오면 모든 게 해결이 되어 있을 줄 알았어. 나는 아직 웅크린 켄트 씨의 딱딱한 등 뒤에 대고서 말했다. 덧붙일 말이 없었다. 정답이란 게 나의 손에도 만져지지가 않고 있으니까. 결국 우리는 과정이라는, 명도를 알 수 없는 그림자 속에 포개어져 서로가 있다는 것만을 겨우 알아챌 수 있을 뿐이었다. 우리가 서로에게 줄 수 있는 도움이 있다면 그저 이 믿음뿐이었다.

켄트 씨의 말들 중 아직도 도착하지 않은 말들이 있을 것이라 짐작되면 나는 그를 따라 웅크려 귀를 기울였다. 일단락이 되어도 녹지 않는 눈 같은 구석의 우리가 있었다.

일단락

내가 본 것은
계속해서 뒤로 사라지는 언덕들이었다

사람이 사는지 알 수 없는 오래된 마을과 성곽이
차창에 나타났고

오래 지나지 않아 나는

도무지 알 수 없는 무기력을 사람처럼
내가 데리고 다녔구나

깨닫고 있었지만

*

예상 외로 빠르게
기차가 움직이기 시작했다

덜컹거리며 앞으로 조금씩 나아가는 동안

창밖의 그는
나보다 먼저 고개를 돌리고 플랫폼을 달려
사라지고 있었다

나는 내가 두고 온 것이 도대체 무엇인지 생각하기를
영원히 멈출 수 없을 것 같다

*

그대가 내 쪽으로 고개를 돌린다.
미끄럼틀, 고양이, 모래밭,
오래 타오르다 방금 전 사그라진
여름 저녁의 태양,
아직 덜 말해진 적막과
끝까지 말해지지 않을
적막
어렴풋한 먼 곳과
그런
순간들로 이루어진

저녁의

서울

시장 골목에 들어선다

몇 블록 뒤

1년 이후를 알 수 없는 상호명들의

틈으로

내가 돌아오는 동안

그대는 기다리고, 고양이는 배를 드러내며 자고, 모래밭은 어느 때보다도

더럽고,

환하고,

*

마주하려는 사람이 되었다가

따져보려는 얼굴이 되었다가

여기
영원히
치워두지 않을
점 안에서

얼굴을 묻는 사람이 되었다가

물의 뺄

길고 어두운
복도를 따라서
회색의 도마뱀이 달려간다.

꼬리가 없는 것.
아직 살아 있었던 것.

물결에 가깝게 걷는다.
검고 푸른 손바닥들이 있다.
부드럽고 차가운 밤의 뺨과
네 편이라는 말이 주는 잠깐의 불안 같은 것이.

나를 이제는 삼켜주면 좋겠어.
자신의 키보다 큰 것을 볼 때
그렇게 말하게 되곤 한다.

자잘한 자국들은
이제는 웅성거림을 멈추었으면 좋겠어.

물결이 있었다.

다정한
꼬리 없는 도마뱀이
나의 발을 스치고 지나가고 있었다.
모래 위를 부드럽게 미끄러지고
구름들 사이로 천천히
몸을 감추고 있었다.

수요일

그는 배낭을 바로 멘다
여의도역에서는 어깨에 대해 쓸 것이고
그가 멀어지는 스크린 도어에 대해 쓸 것이다
맑은 날들일 것이다
이사가 잦을 것이고
플라타너스는 또 가게들을 가리고
여름에 그 나무는
찢어진 입을 가진 천사들 같을 것이다
짧은 별이라면
간혹 그대의 멈춰 있는 얼굴 안에
손을 넣어보고 싶어질 것이다
횡단보도가 많고
영등포 기계 상가에서는
혼자 우는 그를 봤다

잔여일

시소가 움직이는 걸 바라봤다고 했다
작은 아이 하나가 시야에서 사라지고 다시 돌아와 안기고
안기니까
아이를 안아주었다고 했다

내어놓은
스티로폼 화단이 많기도 하다고 했다

먼지 앉은 승용차
앞으로 우유를 파는 여자가 지나가고
켄트 씨는 운다

켄트 씨는 얼굴이 있고 표정이 있다
눈을 들여다보면 거기 눈을 맞고 있는 사람이 앉아 있다
켄트 씨가 말한다

어차피

돌아갈 수 있는 곳은 남아 있지 않았어요

얼굴이 있고 표정이 있다는 건
여기에 조만간 여름이 또 올 것이고
어차피
아무렇지도 않게
놀이터에서는 시소가 움직일 것이고

어떻게 벗을 수 있습니까 어떻게 이 오래된 짐을 구석
구석 정리할 수 있습니까

켄트 씨가 아이의 머리를
쓰다듬는 걸 봤다

줄곧 그 인상이 나를 떠나지 않는다
나의 얼굴에 그의 이름들이 쌓여 있는 것 같다

뒤돌아서고 있는가
잠시 머물렀는가

뺨과 이가 아프다 일기예보를 들었는데

외투가 얇은 사람들
무엇에도 대비하지 못하는 사람들
사람들이 지나간다

골목 어디서도 그대를 찾지 못할 때는
어떻게
화단들이 겨울을 견디는가

뿔 쪽으로

걸을 수 없겠어. 덜컹거리는 켄트 씨의 뼈다귀들 때문에. 켄트 씨는 때때로 식탁처럼 혼자지. 의자가 나를 내버려두듯, 화분이 초록을 방치해두듯. 그러나 이제는 걸을 수는 없겠어. 쌓이고 난 어둠 뒤. 희미한 빛들을 뭐라 부를 수도 없고. 켄트 씨는 점점 눈멀어간다.

가지가 흔들리는 오후를 지나
숲 위에 코끝을 대는 별의 무리들

아직 시계로부터 향기가 난다는 듯이.
아직 카운터펀치를 지르지 않았다는 듯이.

*

주먹을 내지른 켄트 씨가 생각하는 먹구름.
가드를 올리는 켄트 씨가 생각하는 처마 끝.
차고 단단한
민머리의 물고기 모양으로
켄트 씨가 내게로부터.멀어진다.

*

나의 링 안에 떨어지는 빗물. 나의 링 안에 가라앉는 반음 키. 나의 링 안에 흔들리는 물풀과 주춤거리는 지느러미. 가무는 날들이면 나의 물고기가 녹슬기에 알맞지. 빛이 너무 많으면 나의 링 너머에서 네가 보이지 않는다, 등대가 보이지 않는다. 나의 링 안에 아무렇지도 않은 것들. 늘어난 인대 같은, 저문 뒤의 해안 같은.

다리 없이 맨발들
노파들이 내려와 빛처럼 잠들 때
나의 링 안에 서서 눈 뜨는 나귀와
떨어지는 물방울.
나의 링으로부터 튀어 오르며
버스를 따라잡는 아이들.

*

아이들의 손끝과 버스 사이의 간격만큼

켄트 씨가 숨을 쉰다.

물이 열리자
혓바늘처럼 웅크려 있는 켄트 씨의 이목구비.

의자 밑에서 듣는다

아직 아무 일도 일어나지 않았다

악수하는 두 마리의 코끼리를 본다거나
검은 승용차가 집 앞에 도착한다거나

손을 귀처럼 떨군다 물방울마다 창문이 비친다 투명은
어디에든 차 있는가 창문은 아귀가 맞지 않는 종種인가

이런 창밖을 기억한다 별이 지글거리는, 남자가 걷어
찬 푸른 의자 같고 의자의 주인인 노인의 다리 같고, 그
녀가 내다 놓은 마른 선인장 같은,
골목을 돌아 나가는 고양이의 얼룩 같은

그런 뺨을 기억한다

그가 지났던 곳에 생긴 그을음을
깨진 접시 위에서 파닥거리는 날생선을
그녀가 문지른 뺨에서 떨어지는 소금을

의자가 다시 접착되는 순서에 상관없이
해약하는 계약들의 종류에 상관없이

하루 중 한 순간은 기대어 손을 편다
벽과 손 사이에 화흔火痕인 두 개의 눈이 있다

갈라지는 손바닥, 두 마리의 코끼리와 그 사이의 코끼리
포트가 끓어오르고 손등 위로 오토바이가 지나간다
휘발유 냄새가 끼쳐오고 사라지는 기나긴 오후
이런 오후로부터 바닥의 청중들은 생기지
어느 벽으로든 튀어 오르고 싶다

점심을 먹고
아직 아무 일도 일어나지 않았고

화흔에 물이 모인다
네 개의 귀 사이에서 얼룩이 잠깐 웃는다

4부

새벽녘의 플랫폼이 서서히 밝아오는 것과

라플라타에서

목각 인형의 머리카락을 빗길 방법이 없고.
화덕의 불씨를 꺼뜨릴 창문이 있지.
세 켤레째 양말을 배낭에 쑤셔 넣었을 때.
여름의 라플라타는 뱀처럼 벌어졌다.
차가워오는 어깨.
물에 잠긴 돌들의 소리를 들은 것 같았는데.
애인의 가족들은 모두 집으로 돌아가고
네 곁엔 불씨들이 중얼거리며 앉아 있다.
차가운 것은 아침.

*

구름은 아직 모이지 않았어. 눈을 감지 않고도 살아본 나라에 대해서 꾸며서 말하는 건 가능해. 우리는 여름내 뜨거운 귓불을 앓으며 애인의 주검을 지키고 있겠지만. 라플라타, 라플라타. 아무 지명이라도 고르면서. 헤밍웨이, 스타인웨이. 누구의 이름으로라도 노래로 만들면서.

사자의 갈기색으로 강물이 흐르는 곳이 있다. 이대로

괜찮은 것일까 질문하지 않아도 강물은 사자의 갈기색으로 흐르고. 새벽에도 물결의 무늬가 꺼지지 않는다고 했다. 빛이 사라지지 않을 동안 우리는 서로를 위해서 모닥불을 미리 피우고. 식사와 찻물을 데우고. 목동을 잃은 양들에게 풀을 베어 줄 것이다.

서로의 잠자리를 위해서 죽은 별의 노래를 부르자. 입술의 동그란 어둠으로부터 재와 풀숲의 이슬까지. 태양이 없는 곳에선 어느덧 양 떼도 구석만을 찾게 되고.

*

이렇게 자주 뼈만이 남으면. 이렇게 자주 서로의 얼굴이 파랗다고 놀라면. 조금 후엔 마지막 표정들도 타오를 수 있겠지. 우리의 등이 모두 헐리고 나면. 수풀도 휘파람도 살갗의 다른 이름이면.

너는 남아 있는 불씨 곁에 옷가지를 말려둔다. 이제는 스스로 타오르는 온도를 갖지 않아도 될 것 같다고 했다.

모래 위엔 가지와 사자의 갈기 무늬가 잠시 남아 있다.
　차가운 것은 아침.

계기

양을 봤어, 난간을 두드리면 벽돌이 떨어지는 하늘이 없어. 거리에 멈추어 선다는 건 옥상에서 아래를 내려다보는 것과 무엇이 다른 거지.

이런 물음은 양이지, 답이 없이 뭉쳐지지. 천천히 내게로 몰려드는 발굽들. 더럽고 예쁘구나. 여기서 살 수도 있겠구나. 단단하고 딱딱하지. 무릎에 멍 자국이 없어지진 않을 거야.

환하게 웃는 양이지, 나는 번져 나오는 피를 애써 거즈로 눌러놓는 사람처럼 덩달아 양이지. 이런 걸 생각했어. 트럭을 몰고 싶다고. 트럭을 하루에 열두 시간씩 몰면 반드시 도착하는 거래처를 가지고 싶다고.

양은 낮 속의 밤, 밤 속의 뒤척임, 양은 구겨질 것 같은 발밑. 보도블록이 좀더 질서 정연했으면 해. 양은 날씨를 포함한 모든 호흡인데. 양은 내게 달려오고 나를 지나치고 양은 이제 여기서 한발 멀어진 것인데.

나는 숨을 들이켰다. 모퉁이를 돌았을 때
스패너를 손에 쥔 채 허리를 두드리는 수리공을 보았고.

필요의 양

양을 셌니. 기차는 다 세었으니까. 사막이 다가오고 있니. 세다 만 양들을 다시 챙기고. 여기선 젖은 수건이 요긴하구나. 여자들. 여자들. 양을 세는 여자들. 어떤 여자는 울다가 맞았고. 어떤 여자는 파일럿이 되었지. 어제 몇몇 여자가 결국 국경을 넘었어.

못다 한 말이 많은 양치기는 양들을 챙기고.

양치기는 생각한다. 어째서 나는 그 누구도 믿어주지 못할 말을 하게 되었을까. 양의 털들은 어쩌다 모아두게 되었을까. 양의 털은 더럽고 북실북실하고. 어디든 갈 수 있는 기분이 들게 한다. 내내 눌러놓으면 소파가 되기도 하고.

영원은 아늑하겠구나.

도움을 요청하지 않고도 살 수 있겠구나.

믿어달라고 간청하지 않아도 괜찮은 곳이겠구나.

추측을 할 수 있게도 한다.

지금의 나의 애인도 양을 치는 양치기. 양을 치고 약간의 대가를 받아야 하지만. 이런 것이 일상이니. 결국 국경을 넘었는데 이런 것이 일상이니.

못다 한 말이 아직 많고 말없이 앉아만 있어도 상관없다.

양치기는 양들을

다시 찾기 시작하고.

양치기의 애인은

소파에 누워 쉬고.

양치기들은 서로를 믿지 않지. 이것이 양치기들의 불문율. 그저 서로가 서로에게 괜찮을 뿐이다. 서로에게 잠깐은 괜찮을 것이라며 지저분한 소파로 안내해줄 뿐이다.

찾아낸 양들에겐 별자리를 아느냐고 묻기도 한다. 우리가 가야 할 곳이 있다고 가끔은 믿는다면 양을 세어보라고 권하고 싶다. 우는 사람들을 울도록 잠깐은 숨겨줄 수도 있으니까.

일요일

여기에 일어나 앉는 사람. 여기에 엎드려 듣는 사람. 창밖으로부터 들려오는 대형 트럭 소리. 내가 태어난 곳과 그보다 먼 곳들에서 잠에서 깨어나고 있을 새벽의 죽었던 여자들. 작물과 가축을 돌보고 아이들을 깨우면서 얼굴을 닦는 여자들. 길고 긴 구름과 가사가 자꾸 생각나지 않는 노래. 할 말이 있다고. 밤새 할 말이 있었다고. 그 말을 삼키는 여자들. 작은 내가 만들어 부르는 건 노래가 아니라 말라가는 공기 울음. 차가운 물을 들이켜는 나의 마른 키 큰 그대. 아무 소리도 들리지 않는가. 그대는 아무런 빛도 보이지 않는가. 아이를 안고 잠든 그대. 아이가 안은 그대. 기름과 흙의 냄새가 몸에 남아 있는. 너무 긴 장례 행렬 끝에서 쫓아가다 울고 있는 강아지 같은 그대. 저수지 빛나는 그 물 밑에 숨고 밤이면 나와서 돌아온 적이 있는. 계속 어려지는 그대. 그대와 우리는 살고 그게 사는 건지 이해하지 못한 채 끌어안고 있었다. 하나의 이불 안에서 끌어안고 있었다. 나가지 말라고 붙잡고 있었다. 붙잡고 있었다. 그대에게 나를 지키라고 말할 수 없었다. 예배의 시작을 알리는 종소리가 멀리서 울리면 나는 가까스로 나의 엄마가 안전할 수도 있겠거니, 부엌이 열리지 않아도 괜찮을 수 있겠거니 생각하기도 했다.

재의 옷

썼다 지운다
써봤다가 지우지

정확한 너의 목소리를 들었던 것 같은데

그 전에 내가 썼던 것이
빛에 관한 거였다니
깃발을 들고 뛰어가는 사람의 푸른 옷자락과
별자리에 관한 거였다니

물론 고양이는 돌아왔어
한참 만의 일이었지

나는 새벽녘의 플랫폼이 서서히 밝아오는 것과
켄트 씨의 외투에 인 보풀들이 조그맣게 흔들렸던 것과
인사 없이 뒤돌아 금세 사라지는 켄트 씨를 보았었지

그것이 마지막이었고

*

나는 한동안 창고로 들어가 지냈어 그렇지 않으면 모든 게 간단히 해결돼버릴 것 같아서

그게 옳아 어쩌면 나는 처음으로 무엇이 옳은 것인지를 말하는 사람이 된 것일까 불을 모두 꺼두고 손으론 스스로의 얼굴을 묻는 게 옳다고

*

고양이가 다시 나갔었고
새끼를 배고 돌아와선
나의 침실에서 낳았어

이런 소식은 실없이 우스운 소식일까

불빛을 모두 꺼뜨리고 나서야
지우고 다시 쓸 수 있네

빛에 대해 떠올리려 하면
혼자 울던 켄트 씨가 문이라도 열어보려
일어서는 중일 것만 같다

레슨

여름에서 여름까지. 뛰고 있는 폭죽들.
오늘은 무얼 거둬 왔지?

너는 부푼 자루를 끌러 복도에 늘어놓곤 한다. 쏟아지는 입술과 펜촉이 없는 펜대와 모서리가 지워진 발자국들을. 너는 네가 무겁고 한 번은 쓰러진다. 조용히 굴러가는 폐타이어.

펼쳐지는 혓바닥의 계단을 따라 걸으면 노파가 된 너와 너의 손가락들이 보인다. 부케를 받기 위해 팔을 뻗는 여인과 허공의 부케를 찍고 있는 사진사들이. 사진을 찢고 노는 수도원의 고양이가.

어디를 향해 당겨진 명주실이니. 무릎의 탄성으로 얻은 것들, 숲이 아닌 폭죽들. 우리의 손목이 열리고 닫힌다. 녹슨 문고리와 거기 달라붙은 오른손.

금이 간 손거울을 어째서 버리지 않니.

우리는 젖은 끈을 잡아당기고 말았는데. 그때 자루에 남은 것. 횃불이 녹아 있는 웅덩이. 너는 숲을 뭉쳐 웅덩이로 굴리기 시작한다. 지속되는 기계음. 돌들이 물속에 잠겨 있는 여름이고.

퍼져 나가는 피를 보면 현기증이 난다.

불발하는 손목들. 도대체 무엇을 만진 거니. 붉은 바큇자국이 우리의 발밑에 새겨지고 꽃다발이 끌리기를 멈춘다. 그대와 내가 동시에 붙잡은 팔. 서로가 서로의 난간이었을 때.

왼손으로 만지는 모든 것.
불이 옮겨붙거나 웅덩이에 잠기거나.
그 모든 장면이 나무의 결을 옮기며
새겨지고 있었다.

장미 광장

현기증 말입니다
해머가 손아귀에서 미끄러지고 발등에서 불꽃이 터지는 것 말입니다 원피스가 뒤집어지는 밤들이 지나고 소개장을 들고서 지도를 보는 것 말입니다

장미가 피지 않는 장미 덩굴의 시간에
설탕 봉지를 안고 가는 눈먼 아가씨들

이곳에선 눈 안에 정오의 빛이 숨어든 흔적으로 운세를 점칩니다 그러니 줄곧 여기는 눈을 뜨지 못한 채로 맞이하는 다음 날입니다

설탕이 엎질러진 다음 날
무릎을 털어내느라 국자를 태운 다음 날
수북하게 쌓인 상한 채소 잎사귀와
마른 곤충의 등껍질들
집은 하루씩 낡아가고 녹슨 못은 하루씩
몸에 해로워져요

어깨 말입니다
집인 체하며 놓여 있는 전시물과
못을 다 박아 넣지 못한 나무 기둥 말입니다
아가씨들이 광장에 잠시 서 있습니다

괜찮아요 아직 여름은 멀었고 장미가 피는 시간 역시 왔던 적 없고 물고기들은 파라솔 멀리 호수에서 헤엄을 치겠지요 나는 시장에서 패물을 팔아볼 참입니다

눈 뜨면 하늘에서 장미가 피었다 사라지고 구름이 눈에 스미고 이것이 시간이로군요 가시처럼 섬유를 뚫고서 나의 살갗을 할퀴는 것 이런 차갑고 축축한 것이 시간의 혈액이로군요

갈고리가 하늘에서 내려오는 광장을 지납니다
역이 가까워지자
12월의 채찍 휘두르는 모양으로 눈이 내립니다
허깨비 말입니다 진눈인 체하는 현기증
눈이라는 어휘는 구조라는 관념처럼 손에 잡힐 듯합

니다만

시계가 막다른 골목만을 가리킨다 하더라도
한 뭉치의 실 가닥이 미로보다 짧다 하더라도

첫차의 시간에 가까운 밤
어깨가 없는 아가씨들
무릎이 날카로운 아가씨들
장미가 캐럴을 부르며 피어 있는 역입니다

현악

얇고 불투명한 막으로 둘러싸여 있다
깨끗하게 비가 왔으면 좋겠는데

할머니가 알로에를 베어내신다
나에게
가느다랗게 물
흐르는 소리가 들리는 것 같다

집 밖으로 나가면 달팽이들의 길과
공원이 있다고 했다 거기서 여자들이
찬송가를 부른다고

찾으러 다녀오겠다고

햇빛이 너무 강하면 천변의 물이 멈추고
무릎 위 책의 페이지가 넘겨지지 않는다
같은 구절을 부를 동안

물소리는 귓속에 물고기를 흘려 넣고

고기는 다시 튀어나와
햇빛 속에서 지느러미를 움직인다

물소리를 듣지 못한 여자들과
아이들과
개들도 모두 돌아가려 일어서고 있는데

얼굴들 앞으로
스패너가 떨어진다 얼굴들에서
입이 없어지고
공원 위로 물고기들은
배를 뒤집고 떠오르고 있다

저기
빠르게 도망치는 하나

낚싯바늘을 뽑아주어야 했는데

내가 본 것은 그것인데

목을 문지를 때마다 붉은 가지가
새로 태어나는 여름
조이지 못한 발목으로 집을 나선 사람들은
숨고 자주 부서지고
다음 날 새벽에는 예배에 다시 참석하고

쉽게 내뱉는 욕처럼 알로에가

베어진다 얼굴들이
무표정에서 찡그리는 표정으로
순식간에 넘어가고

얇고 투명한 막의 밖으로부터
우는 여자의 소리가
점점 가깝게 들려온다

이미

무엇을 누락했나
무엇을 잃지 않고 모조리 거둬 왔나
겨울과
찬 손과
우리를 둘러싼 전언마저
희미해져가고 있던
우리의 첫 거리에서

상자들을 옮기는 중이었다
아무런 소리도 들리지 않았다

건물로 둘러싸여 있었고
잠다운 잠을 잔다는 게
무엇인지 희미하게
알 수 있을 것 같았다

아무도 오지 않아도 될
작은 어둠 속에서

괜찮았다, 누군가 계속해서 우리의
잘한 점과 못한 점을
추궁해내었지만

알람을 맞춰두고
이불을 덮어주고

상자를 쌓아두는 것이 어려운 일은 아니듯이
캘린더를 한 장 넘기는 게 복잡한 일이 아니듯이

빈 상자를 서로의 생일에 맞추어
마련해주는 것으로 확인되는
안심이 있었다

5부
유월의 숨

전제와 근황

해는 아직 있어.
도시가 계속 있듯이.

망가진 기계들은 더 이상 고쳐 쓰지 않아.

우리는 얼굴을 잠시
마주 본 적이 있고.

켠 적이 없는 스위치는
우리와 비슷한 소리를 내고도
용도를 간직하고 있어.

이 정류장에 적힌 배차 간격표가 정확한지
물을 길이 없는 대낮.

그대는 녹이 슨 지 오래인 가로등을
어두워지기 전에 켜려 하곤 했고.

창을 가진 적 없는 사람들도

명도는 구별이 가능해.

무언가 보이는 것처럼 굴었던 사람들은
어디서 열매를 주워 올까.

주우러 간 적 없을 때에만
비로소 낙과落果는 안전하게 썩어갈까.

버스가 오지 않고.

숨을 쉬는 것만으로
가장 작은 인간이 되는
그대가 걸어간다.

그대를 뒤쫓고 있는
내가 걸어간다.

이러한 배차의 간격에서.

오래 기다려야 하거나
오래 걸어야만 하는
이러한 선택의 명도에서.

오늘치 해가
질락 말락 한다.

정확한 주소

그대는 참을성이 좋았었다. 사전 투표를 독려하는 각별한 안내처럼.

여러 개의 상자를 오가며

나는 잠 속 그대의 옷깃을 날마다 만지작거리는 자. 돌아가 쥐어볼 것이 있다면 그대의 부드러운 옷깃과

굵어진 손가락 마디들뿐이다.

떠올릴 기억의 상자보다 비난과 피곤의 상자들이 많이 쌓여 있었다.

'미래'가 더는 유효한 어휘가 아닐 때. 손 뻗어 만져지던 것들이 이제는 만져지지 않고. '과거'로부터의 선로는 망가져 앞으로도 믿을 수 없을 때. 저물고 다시 밝아지는 날들의 반복만이 조용히 부식되는 시간을 이해하게 하였고.

어디에서부터 빛이 와 내려앉고

시간을 알리는 기계음이 들려오는 것일까. 도시는 다 타버리고 말았는데 어째서 나는 멀쩡하고 나의 상자들은

그대론가.

재를 뒤적이는 것이 내게 남은 미래인가.
그대의 참을성이 미처 그려내지 못한
우리의 미래인가.

멀리로부터
총성을 들은 건지

아무 소리도
듣지 않은 건지

분간이 되지 않았다.

타고 난 이후 길들의 터에서 식별 가능한 방향과 뭉개진 물건들의 용도를 애써 떠올려보고 있었다.
손이 망가질 때까지, 녹은 그대의 소지품을
구별해 던져내고 있었다.

요일들

1

잃어버릴 것이므로
결코 완벽히 주지는 않겠다는 듯
그대는 주저하며
주먹을 펼치고 내게 보여준다

　　화실의 꽃병과
　　누르스름한 캔버스
　　주말의 학생 기도회와
　　자꾸만 조는 강아지
　　골목으로 달려가
　　사라지는 아이들과
　　성탄절 전야의 안개
　　손자를 누이고
　　찬송가를 부르는
　　여자

그대는 자주 물을 쥔 소년이고

여름의 셔츠는 지금도
마르고 있는 듯 보인다

2

우리만 깨어 있는 걸까
젖은 상자에 둘러싸여 우리 중 하나가 말했을 때

여기에 있느냐고
문 두드리는 소리가 들리고
그대는 일어나 내게서 천천히 멀어진다

종종 나는 내가
아직도 젊다는 게 믿기지가 않고

나는 옆 건물의
트럭에 시동이 걸리는 소리와
날이 밝아오는 것을 모두

천국이라 부르기로
한 적이 있다

얼굴들이 모두 메워지지 않을
깊은 연못으로 보였다

커튼 사이로 흰

안녕, 또 한 번의 밤과 낮을 보내고 난 뒤에 무대는 서쪽으로 조금 더 기울었어. 안녕, 아직 멀쩡한 왼손을 뻗어 흔들며 네게 인사를 보낸다, 이제는 어디가 위쪽인지도 모르겠지만.

종종 너는 텅 빈 운동장과 녹슨 철봉의 온도로 내게 스며든다. 그때 느껴지는 것들, 무대가 기우는 속도와 피구공이 어디선가 튀어나오는 순간. 그래, 당분간은 둥그렇고 빼근한 것들로만 편지를 쓰게 될 것 같아, 장전된 탄환과 물이 가득한 신발 같은.

우리는 불완전한 겨울의 개수만 셀 거라고 말한 적 있지. 나는 내 복부로 정확히 패스된 공을 떠올린다. 그 공을 떨군 적 없고 우리의 눈빛이 붉어진 적 없다고 적어두고 싶은데. 겨울은 흰 쪽부터 어두워지고. 굴러가 풀숲으로 사라지는 흰 공. 부드럽고 살갗이 벗겨진 것.

그리고 지금 느껴지는 것들,
시간을 가늠하게 하는

구름의 모양들과
묽어가는 피의 빛깔.
솔기가 뜯어진 드레스와
아물리지 않는 암막 커튼.
공을 찾기 위해 뛰어가는 아이와
남아 있는 아이들.

저녁.

무대가 더 기운다, 이것을 너만은 느끼고 있겠지. 편지를 봉하는 손가락으로 묻는다, 눈을 감는다는 건 어둠 안에서 안전해진다고 믿는다는 뜻인 걸까. 경사가 한순간에 가까워지고 무대 밖도 어둡고

너라면 이제 내가 무엇을 했으면 좋겠어? 잠깐의 침묵 뒤에 만져질 것 같은 빛들. 조금씩 차가워지고 사라지는 것. 접시에 이제 막 옮겨 담긴 계란빵의 냄새.

저녁.

겨울을 보내고 쓴다

더듬어보았지.

만져질 것이라는 말을 들은 적 있었잖아.

우리는 복도였고. 폭이었고. 걸음을 옮길 때마다 이리저리 흔들리는 손들이었고. 우리는 그때 바닥의 흠집들이기도 했지. 무엇으로도 그려질 수 없는 무게를 안다고 했지.

문을 열고. 또 다른 문 앞으로 간다.

거기는 지금 어떠니. 여기는 텅 비어 있어. 손을 뻗는 순간 사그라지는 문들. 기온이 섞였는데 새들은 어디로 가서 바람을 다시 가져보니.

아직 햇볕은 무엇이든 마르게 한다지만 사람들은 울어. 그러면 또 연인들은 서로를 구하지 못한 것을 자책하기 시작하고. 노트에 적지 않으면 견디기 힘들다고 했지. 어떤 지명이든. 어떤 식물의 이름이든.

그러나 떠나온 물의 빛깔은 서로의 눈 속에서

언제라도 발견되고.

도대체
어떤 뾰족한 마음의 끝이 있다고
뒤를 돌아보라고들 하는 걸까.

문을 열고. 또 다른 문 앞으로 가고.

숨을 쉬지. 물론 그래. 창밖의 사람들은 단정히 검은 옷을 챙겨 입고 자신들은 모르는 행렬을 이루고 있어.
이런 장면들만이라도 간직해보라고 했니.

겨우
라는 말로만
아우를 수 있을 뿐이라 하더라도.

밤의 엔지니어에게

그의 등은 점차
둥글어지고 있었는데

이르면 이번 겨울
늦어도 마지막 젊은 시절을 보내고 있다는 것을
생각하게 될 즈음이면

모든 그의 형태가 지워져 있지 않을까
염려되고 있었는데

한 달 중 절반의 호흡에선 가로등의 여러 굽어 있는 모양들과 각자의 얼굴 속 작은 수리공들이 쉬지 않고 떨고 있는 모습들이 있었다

오래 동네를 지킨
노인들이 걸었고

갓 이사해 온
어린 직장인이 걸었고

아침이 밝기 전에
기사들은 나의 집 앞 트럭들을 끌고
사라졌다

나 대신 고양이를 먹여준
동네 소년이 걸었고

시소가 저절로 삐걱거리는 밤이었다

어떤 소년들은 이민을 결심하고
서늘하고
흔들리고

사람이 없는 한밤 공원의 벤치들은
거기서 끝없는 잠을
청해봐도 좋을 듯이
보인다

*

드라이플라워를
받는 것이 좋겠다고
10유로 반지의 무늬가
예쁘다고

가판대를 지나는 연인들이 말한다

*

답을 이미 알고 있는 것 같아
해본 적 없는 질문들이 있다

트럭을 따라가던 강아지가 되돌아오고
정리가 안 된 공사장의 자재들이
나의 인상에 남아 있는 이유 같은 것들

할아버지는 어떻게 고향으로 돌아왔냐고

할머니는 고향으로 돌아가는 길을 결국 놓아버린 것이냐고

도시에 와 겪은
처음의 일들을 기억하기는 이제 지치고
그도
나도
모두 숨을 쉰단 것만으로
안도감이 들면 그만이곤 하였다

도시가 곧 지워질 것이라 생각되기도 하였다
알고 지내었던 친절한 동료들도
모두
겁을 먹고 있었으니까

넝쿨 장미를 지난다, 한동안 붉고 한동안 푸르던 것
한동안 오래
얽힌 모습인 것

아직 도시는 아무 일 없는 것처럼 보인다
나는 누구와도 가까이에서 지내지 않는 채로 지금 묻는다
어째서
한동안을 지나고 나면 내 스스로 그물이 되어 안전해지기도 하는 걸까
그래도 되는 걸까

어떤 잠도
다치지 않았다는 생각

이제

발과 다리가
조금씩 아파지기 시작한다

유월의 숨

문을 열어두고
밖을 향해 앉은 채로
한낮의 빛 가운데에서
그는 무언가 중얼거리고 있었다
바로 알아듣기는 어려웠으나
그는 등을 돌린 채로
나에게 말을
남기고 있었고
나는 그가 또다시 사라질 것이라는 걸
이해하고 있었다
이해할 수 없었다
조금 더 들으려고 나는 나의
잠에서 깨려고
더 깊은 잠으로 들어가려고
눈을 뜨고 그의 등을 만지려고
나의 말을 하려고
외치고 속삭이려고
집중했다 한낮
그 빛

깨어나니 내가 살아 있었다
혼자 남아서
그가 일부러 남겨둔 적 없는 슬픔을
뒤늦게 이해하는 데에
그 모든 빛이 내게
소용될 것이었다

나의 서울

커다란 손과
붙잡힌 어깨가 있었다
계속 붙잡고 있어 달라는
말수 적은 부탁이
있었다

뒤돌아보면 눈이 멀 것 같았다

떨어뜨린 동전들이 굴러가 사라지는 장면은
어째서 기억이 잘 날까
길바닥, 하수구, 수풀, 마르지 않은 도로, 한강대교 북단, 평일에도 이사를 다니는 사람들, 삼각지,
의족과 가발을 파는 가게, 밥과 찬을 가져와 나누어 먹는 교회

좁고 가파른 계단을 오르면
뒤돌아보지 않아도
그 애가 나와 함께 오고 있다는 것을
알 수 있을 것 같았다

몇 달에 한 번씩
가진 게 없는 연인들이
결혼식을 감행하는 곳이었다

노래를 만들어 부르는 선배와
법전을 외워 알려주는 선배와
마르고 까칠한 얼굴로 공부 중인 선배와
아이를 갖게 된 선배들

연말이면 서로에게 기도를 보내주고
혼자서는 조용히
성경을 찾아 읽는 법을 스스로
알게 되는 시간에 대하여
들려주는 동료들이
있었다

오래 비우는 집을 맡겨도 좋았다

내가 지낸 서울 중 한 곳에

그 애가
잃었던 동전 같은 그 애가 살아와
드리는 기도의 내용을
나는 짐작할 수 없었다

짐작할 수 없다

죽고 나서도 그것은 변하지 못하리라고 생각한다
단지
이제는 나는 다른 곳에서 고양이를 기른다

고양이는 나와 함께 천천히 태양이 지는 시간 가운데에 놓여 있고
빠르게, 최대한 다정을 숨기지 말자고 다짐하며 죽어간다

다 알 수는 없지만

밖에 새소리가 이전보다 많이 들리는 곳에서 지내고

볕이 잘 드는 방을 고를 줄 안다

짐작을 아끼면서
그러나 더욱더 짐작해보려고 하면서

쓴다

나를 찾아낸 손이
있다는 것이
믿겨질 때가
있다

이방인의 금 간 얼굴

이경수
(문학평론가)

1.

윤은성의 시에서는 오래 떠돈 이에게서 느껴지는 특유의 빛깔과 향기와 진동이 감지된다. 탈색된 빛깔과 금방 사라질 것 같은 냄새와 미세한 떨림. 멀리서 바라보는 눈길이 느껴지지만 다가가면 사라질 것 같은 희미한 흔적. 손 내밀고 싶지만 애써 참고 있다가 상대방이 먼저 손 내밀면 금세 달아나려는 상처받은 이의 태도. 아니, 그 상처가 오래고 깊어서 체념의 시간 또한 깊어진 느낌마저 든다. 방랑자의 기질을 운명처럼 지니고 있다는 점에서, 그리고 그 기질이 슬픔을 내장하고 있다는 점에서 윤은성은 천생 시인이다. 시인이라는 운명에 기꺼이 포획당한 이 시인의 첫 시집에서는 예민하고 오래 생각하고 쉽게 상처받으면서 상처받았음을 애써 숨기는 주체의 희미한 기척이 자주 감지된다.

가령 이 시집의 맨 앞에 실린 「해解와 파열」은 이런 문장으로 시작된다. "흔들리는 문에 기대어 생각한다." 생각하는 주체는 윤은성의 첫 시집에 종종 모습을 드러내는데 흥미로운 것은 그가 "흔들리는 문에 기대어" 생각한다는 것이다. 흔들리는 문에 기대면 진동이 고스란히 몸에 느껴진다. 흔들리는 문에 기대어 생각하는 시의 주체는 불안과 균열과 망설임을 온몸으로 느끼며 생각하는 주체다. 언제든 문 안으로 들어갈 수도 나갈 수도 있는 위치에서, 그러나 쉽게 들어가거나 나가는 선택을 하지 않은 채 흔들리는 문의 진동을 느끼며 자신을 통과하는 사람들과 사건과 세계를 응시하며 생각을 지속한다. 윤은성의 시가 예민한 감정의 파동을 품고 있으면서도 사유의 깊이를 보여주는 비밀은 어쩌면 이런 태도에서 연유하는 것이겠다.

윤은성의 시는 "길을 잘못 들어선 가난한 여행자처럼" 관계에서 발생하는 감정의 진동을 예민하게 드러내지만, 시는 언어로 지어진 세계이자 말들의 울림임을 잊지 않는다. 말의 개성적인 운용을 통해 윤은성의 시가 구축하는 이미지와 리듬, 공간적 상상력은 시의 주체가 자유롭게 이행하며 부수고 짓는 새로운 세계를 설렘 속에 바라보게 한다. 이 특유의 운동성과 공간성은 오래 떠돌아본 시의 주체가 운명적으로 체득한 리듬이자 시작詩作의 비밀은 아닐까.

2.

윤은성의 시에는 낯선 곳으로 향하는 주체가 자주 모습을 드러낸다. "방이 빠지는 데" "한나절도 걸리지/않"(「해解와 파열」)는 불안정한 주거 환경조차 시의 주체에겐 쉽게 허락되지 않는다. 이사가 잦고 갑작스러운 이동을 자주 한다는 건 그만큼 안정된 주거지나 일자리를 갖고 있지 못하다는 것이다. 종종 길 위에 있거나 다른 곳으로 떠날 준비를 하고 있는 시의 주체가 불안을 내장하고 있는 것은 당연한 일인지도 모르겠다. 윤은성의 시를 읽다 보면 주소를 쥐고 처음 가보는 낯선 지역으로 트렁크를 끌거나 배낭을 메고 이동하는 길 위의 주체와 종종 마주치게 된다. 기차역, 버스 정류장, 지하철역, 기차나 버스 안 같은 공간이 자주 출현하는 이유도 여기에 있다.

> 여기만 지나면 마을이 나온다고 그가 말한다.
> 터널 안에서.
> 우리를 지나치고 있는 생각들 안에서.

빛. 따갑다. 우리는 드러날 것이다.
각자의 바뀐 옷가지를 그대로 걸치고서.
아이의 형상에 또 다른 아이의 형상을 겹치면서.

운전대를 쥔 그의 손이
내게서 멀어진다.

그가 다리 위에 서 있다.
내가 그의 사진을 찍어준다.

빛. 날벌레들이 달라붙는 오후.
그의 뒤로 조깅하는 커플이 천천히 사라진다.

굴뚝.
연기.
그을음이 인 것 같은 얼굴.
목이 탄다.

시기가 도무지 기억나지 않는 이사를 한 적이 있다.

아마도 그가 도와주었겠지. 내가 혼자서 마칠 수는 없었을 때니까.

그는 광장을 배회하고 돌아오곤 했다. 나도 같이 가자

고 말한 적이 있었다.

군중에 섞였고. 옳은 것이 있었고.

여기만 지나면

한 번도 발 디뎌본 적 없었던 마을이.

안팎.

이분二分.

백일하.

다시 계속되는 터널.

우리가 우리라는 공기로 덮일 수 있었을 때.

해가 지게 될 것인데.

따가운 빛일망정 사라질 시각이 올 것인데.

길이 넓고 환하고.

서로를 놓게 되는 오후.

아주 작은 너를 봤어.

나를 모르는 너를 봤어.

멀리서

이미 터널의 밖에 있는

내가 모르는 너를 봤어.

갈증이.

갈증이.

—「비단길앞잡이」 전문

"여기만 지나면 마을이 나온다고" 말한 그는 낯선 곳으로 시의 주체를 안내하는 역할을 했던 듯하다. 마치 시골길에서 흔히 만나던 비단길앞잡이처럼. 몇 걸음 앞으로 먼저 날아가 내가 가야 할 길을 안내하듯이 '나'에게 그는 그런 존재였다. 먼저 가 내가 다가오기를 기다리지만 다가가면 다시 앞서 나아가는 존재. 그러고 보면 비단길앞잡이는 이름처럼 아름답고 매혹적인 빛깔을 띠고 있다. 설사 제대로 된 길로 이끌지 않아도 따라가고 싶어질 만큼. 하나의 이미지로 남아 있는 "운전대를 쥔 그의 손이/내게서 멀어진다". 다리 위에 서 있는 그의 사진을 찍어주기도 했었고 "시기가 도무지 기억나지 않는 이사를" "아마도 그"의 도움으로 한 적도 있었지만, 그는 내게서 멀어지고 "조깅하는 커플"처럼 천천히 사라진다. 차가 터널 안을 지나는 동안 대개의 여행이나 이동이 그렇듯이 터널 안의 우리를 여러 가지 생각이 지나치고 있다. 터널에서 벗어나면 "빛"이 "따갑"게 열리며 "우리는 드러날 것"이지만 낯선 곳을 향해 가는 길 위에서 "다시 계속되는 터널"처럼 우리의 삶에도 어둠의 터널은 계속될 것이다. "해가 지"고 "따가운 빛일망정 사라질 시각이 올" 것이고 다시 빛이 비치기도 하겠지만, "길이 넓고 환"한 곳에서 "서로를 놓게 되"기도 하는 것이 길 위에서 만나는 불안정한 관계의 숙명일 것이다. 이 반복과 지속이 시의 주체를 체념하게 하고 그럼에도 목마르게 한다. 잦은 마침표의 사용, 명사로 행이 분절되는 방식 등이 마치 카메라 셔터를 누르듯 장면을 전환시키며 시간적 여백과 이미지의 몽타주를 만들어낸다.

"우리가 우리라는 공기로 덮일 수 있었을 때"가 우리에게도 있었다. 그렇게 우리를 함께 꿈꾸던 시절도 분명 있었겠지만 "광장을 배회하고 돌아오곤" 하던 '그'는 내게서 자꾸 멀어지고 사라지려 한다. 함께 광장에 나갔던 적도 있었고 "군중에 섞였고" "옳은 것이 있었"지만 "서로를 놓게 되는 오후"가 우리에게도 다가오고 있음을, '나'는 누구보다 예민하게 그 기미를 감지한다. "나를 모르는 너" "이미 터널의 밖에 있는/내가 모르는 너"를 일찌감치 봐버렸고, 그렇게 내게서 멀어지는 너를 느낄 때마다 '나'는 "갈증"을 느낀다.

> 트렁크를 끌고서
> 켄트 씨가 걸어간다.

그녀가 오지 않을 것이라고
의심한 적은 없었다.

[……]

켄트 씨는 그런 춥고 느린 장면들이
함박눈이 내리는 길고 긴 오후의 인상처럼

기억에 남을 것이라 생각되고 있었다.

천천히 낙하하는 눈을
좋아하는 켄트 씨는

자신의 트렁크 안에 비가 내린다고 했다.

열면 멈추지 않고 우는
신들의 얼굴이 보인다고 했다.

그러한 신들 역시
끌어안을 것을 모두 놓친 것이 아닐까
생각된다고 했다.

—「계약」 부분

주거지를 자주 옮기는 고단한 일상에서는 주소를 쥐고 모르는 장소를 찾아가는 경험을 흔히 하게 된다. 낯선 이를 만나 계약을 하는 일도 빈번하다. 일찌감치 자신의 의식주를 알아서 해결해야 하는 청춘에게는 계약의 주체가 되는 일도 좀더 빠르게 일어난다.

여러 편의 시에 등장하는 켄트 씨는 새로 거처를 옮긴 낯선 곳에서 시의 주체가 종종 마주쳤던 인물들을 상징한다. "연락이 가끔 더뎠고/계좌에 잔액이 줄었"고 "일을 구하는 것이 늦어지고 있"어도 "그녀가 오지 않을 것이라고/의심"하지 않으며 "트렁크를 끌고서/켄트 씨"는 걸어간다. 트렁크를 끌고서 걸어가는 켄트 씨의 상징은 시의 주체의 다른 얼굴이기도 하다. 낯선 길 위에서 오지 않을지도 모르는 누군가를 기다리는 일은 한없이 "춥고 느린 장면들"이 아닐 수 없다. "함박눈이 내리는 길고 긴 오후의 인상처럼" 추운 겨울날일수록 트렁크를 끌고 길 위를 걸어가는 이방인의 기다림은 춥고 더디고 외로울 것이다. 트렁크를 "열면 멈추지 않고 우는/신들의 얼굴이 보인다"는 말이 이해될 만큼, "그러한 신들 역시/끌어안을 것을 모두 놓친 것이 아닐까" 하는 생각에 절로 고개를 끄덕일 만큼 절망적인 상황을 윤은성의 시는 트렁크를 끌고 걸어가는 켄트 씨의 이미지로 완성한다.

다른 시에서도 종종 모습을 드러내는 켄트 씨는 "누구도 줍지 않는 작은 동전 같고/어느 날 뚫려 있는 주머니 속 구멍 같고/이사에 사용한 트렁크의 덜컹이는 바퀴 같은" "먼 곳의 나"를 알아봐준 존재이자 "나보다 큰 트렁크를 옮겨다 준 적 있는/내가 그의 외투를 돌려줘 본 적 있는/사라지기 전의/켄트 씨"이다. "어디든 정하고 다음 날은/눈을 떠야" 하는, "죽고 일어나 적고" 사는 절박한 주체가 "잠깐은 안전해도 된다면" 함께 "앉아 있고 싶다"고 느끼는 존재가 바로 켄트 씨다(「양남」). 누구의 눈에도 띄지 않고 관심을 받지도 못하는 사소하고 하찮은 존재라는 점에서, 이 거리의 이방인이라는 점에서 '나'와 켄트 씨는 닮은꼴이다.

내가 스쳐 가고 나를 스쳐 간, 한때는 각별했지만 지금은 곁에 없는 사라진 타자들. "혼자 울던"(「재의 옷」) 모습이 기억 속에만 영원히 남아 있어서 부채감과 죄책감을 동반하는 타자들을 윤은성의 시는 켄트 씨라 부른다. 켄트 씨는 마치 can't를 연상시키기도 해서 이미 어쩔 수 없고 돌이킬 수 없는 관계를 지시하는 데 적합한 명명이 된다.

> 어려운 일은 아니다. 이제는 기다리면 되니까. 하차한 바로 그 자리에서 만나기로 했으니까. 사람들은 지나간다. 마주할 일이 있다고 하면 겁을 먹기도 하면서. 더 많

은 노력을 한 사람이 누구인지 견주면서. 거대한 밤과 통로.

폭죽을 터뜨리고 싶다.

그러나 어디로 가든지 상관이 없다는 게 어떤 선을 그어대도 괜찮다는 뜻인 것은 아니었다는 생각. 안내견과 그의 주인이 지나가고. 동행인의 옷깃을 쥔 노인이 천천히 지하도로 사라지고.

멀다.

나는 계속 기다린다. "왔구나"라는 말을 대신할 말을 찾으면서. 보이지 않게 된 사람들이 다시 나타나는지 건너편 플랫폼을 살피기도 하면서.

겨울을 여기서 맞는다면 커다란 커튼을 살 것이다. 창을 다 덮고도 바닥까지 늘어뜨려지는. 닦거나 감싸거나 누군가 잠시 숨겨줄 수도 있는.

왔구나.
왔구나.

손을 쥐었다 펼쳐본다. 한번 죽어본 사람처럼. 여기에
도 새가 산다. 여기도 새가 살고. 밤이 되면 어둡다.

가방을 끌어안고 벽에 기대 조는 아이.
아이와 인사를 주고받고 싶다.

—「주소를 쥐고」 전문

처음 가보는 곳의 주소를 쥐고 약속 장소에 찾아가 만나기로 한 이가 나타날 때까지 기다려본 적이 있다면, 주체의 마음을 좀더 잘 이해할 수 있을 것이다. "어려운 일은 아니다. 이제는 기다리면 되니까." 기다림이 가장 쉬운 일이라는 듯이 미리 조금쯤 체념하며 기다리는 태도가 느껴진다. "더 많은 노력을 한 사람이 누구인지 견주"는 방식으로 살아가는 사람들 속에서 상처 입은 것으로 보이는 주체는 길 위에 버려진 채 오래 누군가를 기다리면서 "폭죽을 터뜨리고 싶다"고 생각한다. "어디로 가든지 상관이 없다"고 종종 말해왔겠지만, 그것이 "어떤 선을 그어대도 괜찮다는 뜻"은 아니었을 것이다. 상대방은 물론 그렇게 말한 스스로도 떠난 뒤에야 뒤늦게 그 사실을 알아버렸겠지만 말이다. "천천히 지하도로 사라지"는 사람들을 보면서 이미 "멀다"고, 이미 멀리 와버렸다고 시의 주체는 생각한다.

기다림은 계속된다. ""왔구나"라는 말을 대신할 말을

찾으면서" "보이지 않게 된 사람들이 다시 나타나는지 건너편 플랫폼을 살피기도 하면서" 계속 기다리는 '나'의 모습은 위태롭지만 "한번 죽어본 사람처럼" 체념에 길들어 있다. 그런 까닭에 "겨울을 여기서 맞는다면 커다란 커튼을 살" 거라는 생각도 해보고 "여기에도 새가 산다. 여기도 새가 살고. 밤이 되면 어둡다"는 사실에서 위안을 얻기도 한다. 어차피 사람 살이가 다 거기서 거기라는 생각은 오래 떠돈 이에게는 위로가 된다. 비록 그것이 얼마간의 체념을 동반한 것일지라도. "왔구나./왔구나." 아무리 되뇌어도 기다리는 이는 오지 않고 그럼에도 이곳에서 살아갈 이유를 애써 찾은 시의 주체는 "가방을 끌어안고 벽에 기대 조는 아이"를 보며 "아이와 인사를 주고받고 싶다"는 생각을 한다. 벼랑 끝에 내몰린 상황에서도 다정함을 잃지 않는 윤은성 시의 주체를 여기서 만나게 된다.

3.

아이들이 등장하는 윤은성의 시는 상처의 연원을 짐작게 한다. 아이들은 일사불란하게 움직이며 달아나거나 시의 주체를 치고 간다. 아이들의 움직임은 「오감도 시 제1호」의 '13인의 아해'를 떠올리게 하면서 어딘가 무섭고 기이한 분위기를 형성하기도 한다. 윤은성의 시에서는 그 아이들의 무리에서 떨어져 나와 홀로 울고 있는 아이가 종종 등장한다. 그리고 그 아이들이 자라 "멀리서 시위에 참여하고 크레인에 오른다"(「여름 뚫기」). 폭력에 노출되고 상처 입은 그 시간을 통과하고 자라서 아이들은 하루하루를 간신히 버티며 살아가는 위태로운 청년이 된다. 숭고를 지향하면서도 의심하고 경멸하는 이중적인 속내로 살아갈 수밖에 없는 청년의 아픔은 오래도록 지속된 아이들의 상처에 닿아 있다. 윤은성의 시에서 아이들은 청년의 과거이자 미래가 된다.

> 아이가 돌을 던지고 달려간다. 나는 그 광경을 지나가면서 본다. 아이가 던진 돌이 창문을 뚫지 못한다.
>
> 아이가 두번째로 돌을 던지고 달려간다. 창문이 열리고 또 다른 아이가 얼굴을 내밀어 창밖을 살핀다. 나는 광경을 지나가면서 보고
>
> 계속해서 지나간다.
>
> 청년이 달리다가 나를 친다. 나는 잠시 놀라고 먹던 사탕을 내뱉는다. 계속해서 가야 하는데
> 청년이 되지 않은 또 다른 아이가 달리다가 나를 치고

먹던 또 다른 사탕이 툭 내뱉어지고 나는 잠시

그 자리에 선다.

[……]

아이가 자라고

멀리서 시위에 참여하고 크레인에 오른다. 아이는 외칠 곳을 찾다 이쪽으로 저쪽으로 몸을 돌리고 다시 되돌리고 아래를 내려다본다. 저 높은 곳에서 아이는 내려다본다. 나는 아이가

아이가 내게로 투신하지 않을까 생각한다.

아이를 받으려고

아래서 몸을 움직이는데

[……]

생전 처음 보는 또 다른 아이가 생전 처음 보는 방향으로

나를 치고 지나간다.

—「여름 뚫기」 부분

"아이가 돌을 던지고 달려간다." 아이는 창문을 향해 돌을 던진 것으로 보이는데 "아이가 던진 돌이 창문을 뚫지"는 못한다. "나는 그 광경을 지나가면서 본다." 1연에 등장하는 이 장면은 계속해서 변주된다. "아이가 두번째로 돌을 던지고 달려간다." 이번에는 "창문이 열리고 또 다른 아이가 얼굴을 내밀어 창밖을 살핀다". "나는 그 광경을 지나가면서" 본다. 시의 주체 '나'는 보는 자이다. 아이가 돌을 던지고 달려가는 행위는 1연과 유사하지만 2연에서는 창문이 열리고 또 다른 아이가 얼굴을 내밀어 창밖을 살핀다. 아이가 던진 돌에 창안에 있던 또 다른 아이가 반응한 것이다. 창문을 뚫지 못했더라도 또 다른 아이의 반응을 이끌어냈다는 점에서 아이의 돌은 이번에는 무언가를 뚫은 셈이다. 아이들은 달려가고 나는 "계속해서 지나간다". 아이들과 같은 방향으로 달리는 건 아니더라도 나도 계속해서 지나가며 보는 자이기를 멈추지 않는다.

그런데 4연에 오면 "청년이 달리다가 나를 친다". 청년도 "청년이 되지 않은 또 다른 아이"도 달리다가 나를 친다. '나'는 그들과 다른 속도로 계속해서 지나가고 있으므로 달리는 청년과 아이는 "나를 치고" "나는 잠시 놀라고 먹던 사탕을 내뱉는다". 계속해서 가야 하는데 나는 잠시 "그 자리에 선다". "아이들은 모두 같은 방향으로 뛰고 나는/나도 뛰어야 하나 고민하고 사탕을 하나 주머니에서 꺼낸다." '나'는 처음부터 그들과 함께 달리지 않는다. 돌을 던지고 달려가는 아이들과 창밖을 살피는 아이를 바라보며 계속해서 지나갈 뿐이다. 청년이 된 아이도 청년이 되지 않은 아이도 모두 함께 달려가며 그들과 같은 방향과 속도로 달리지 않는 나를 치고 가지만, 그것이 나를 달리게 하는 것은 아니다. 오히려 나는 그 자리에 멈추어 선다. 나도 뛰어야 하나 고민하지만 그것이 나를 달리게 하는 동력이 되지는 못한다. 시의 주체는 이렇게 세상이 요구하는 속도와 방향과는 다른 속도와 방향으로 걸어간다. 모두 같은 방향으로 뛰는 아이들을 바라보며 지나가거나 멈추어 서는 자리를 선택한다. 그것은 흔들리는 문에 기대어 생각하는 주체의 태도와 다르지 않다.

그렇게 한 방향으로 달리던 "아이가 자라고/멀리서 시위에 참여하고 크레인에 오른다". '나'는 여전히 바라보는 자리에 머물러 있다. "저 높은 곳에서 아이는 내려다"보고 나는 "아이가 내게로 투신하지 않을까 생각한다". 일사불란하게 달려가던 아이도, 자라서 크레인에 오른 아이도 나는 그냥 보아 넘기지 못한다. 아이가 내게로 투신하지 않을까 하는 생각이 들었을 때 나는 피하는 것이 아니라 "아이를 받으려고/아래서 몸을 움직"인다. 나는 돌을 던지거나 달리거나 크레인에 오르는 행위에 함께하지는 못하지만 어떻게든 아이의 이야기를 들으려고 애쓴다. "말을 해/무슨 말이든 하라고" 외친다. 한 방향으로 달려가던 아이들이 나를 치고 갈 때마다 내뱉어진 사탕은 나의 불안과 망설임과 외로움을 상징한다. "양쪽 주머니는 사탕으로 부풀어 오르고 청년이 되지 못한 그 많은 사탕이 튀어나오려고 한다." 사탕은 아이로 남고 싶었지만 그럴 수 없었던 나의 유년, 나의 꿈, 끝내 청년이 되지 못한 나 자신이다. 무슨 말이든 하라고 외치는 말은 결국 나 자신을 향한 외침이다. "생전 처음 보는 또 다른 아이가 생전 처음 보는 방향으로/나를 치고 지나간다." 이 생전 처음 보는 또 다른 아이, 생전 처음 보는 방향으로 나를 치고 지나가는 아이야말로 '나'의 분신이 아니겠는가. 내리누르는 세상을 향해 시의 주체가 튕겨 나가듯, 생전 처음 보는 방향으로 나를 치고 지나가는 생전 처음 보는 아이. 그렇게 윤은성 시의 주체는 오래 열지 못했던 자신의 창문을, 갑갑하기만 했던 자신의 여름을 뚫으려고 한다.

> 아이들이 언덕을 뛰어오른다. 주먹을 쥔 아이가 뒤따라 걸어 오른다. 주먹을 쥔 아이에게 아저씨가 다가간다. 주먹을 쥔 아이의 어깨에 아저씨가 손을 얹는다. 빛이 너무 많아서 걷기가 힘들어요. 아이가 주먹을 쥐고 울기 시작한다. 아이들은 멈춰 서서 노트를 찢기 시작한다. 아이들은 노트를 찢어 비행기를 접기 시작한다. 아이들은 서로

같은 미소를 지으며 비행기를 사방으로 날리고 논다. 이리 와서 구경해봐, 쇠공이 얼마나 부드럽게 이마를 지우는지. 아이들은 쇠공을 던지기 시작한다. 쇠공은 주먹을 쥔 아이를 스치고 지나간다. 아이들은 발치의 비행기를 집어서 다시 사방으로 날리고 논다. 언덕 위에서 또 다른 쇠공 하나가 날아오기 시작한다. 쇠공이 순식간에 아이들의 이마를 관통한다. 아이들은 재빨리 미소를 맞춰 지으며 다시 언덕을 뛰어오른다. 아저씨가 팔짱을 끼고서 다시 언덕을 걸어 오른다. 나는 우는 아이의 뒤를 따라 언덕을 걸어 오른다. 두 눈을 꼭 감아도 눈꺼풀을 뚫고서 빛이 들어온다.

—「무한 사선」 전문

아이들이 등장하는 윤은성의 시는 위태롭고 불안한 분위기를 형성한다. "아이들이 언덕을 뛰어오"르고 "주먹을 쥔 아이가 뒤따라 걸어 오"르는 일사불란한 움직임은 공포를 자아내기도 하는데, 이 시는 그것이 폭력에서 연원함을 보여준다. 아이들은 언덕을 뛰어오르고 주먹을 쥔 아이가 뒤따라 걸어 오르는데, 이어지는 장면에서 "주먹을 쥔 아이에게 아저씨가 다가간다". 아저씨의 출현만으로도 불길한 분위기를 자아낸다. 아니나 다를까 "주먹을 쥔 아이의 어깨에 아저씨가 손을 얹는다". 아이는 경계를 푼 것일까. "빛이 너무 많아서 걷기가 힘들"다고 "주먹을 쥐고 울기 시작한다". 그러자 "아이들은 멈춰 서서 노트를 찢기 시작한다". 이내 아이들은 "노트를 찢어 비행기를 접"어서 "서로 같은 미소를 지으며 비행기를 사방으로 날리고 논다". 이렇게 일사불란한 아이들의 놀이는 비밀스럽고 불안한 분위기를 자아낸다.

아이들의 놀이가 점점 폭력적으로 변해가고 그것을 부추기는 목소리에 의해 아이들은 폭력의 대상이 된다. "이리 와서 구경해봐, 쇠공이 얼마나 부드럽게 이마를 지우는지." 이 유혹의 목소리는 아저씨로 대표되는 폭력적 어른의 목소리일 것이다. 이어지는 장면에서 아이들은 "쇠공을 던지기 시작"하고 "쇠공이 순식간에 아이들의 이마를 관통한다". 이 섬뜩한 폭력의 장면 뒤에 "아이들은 재빨리 미소를 맞춰 지으며 다시 언덕을 뛰어오른다". 폭력의 장면 뒤에 어김없이 따라붙는 미소와 단체 행동. 그 행렬에 아저씨도 나도 함께한다. "나는 우는 아이의 뒤를 따라 언덕을 걸어 오른다." 그러자 "두 눈을 꼭 감아도 눈꺼풀을 뚫고서 빛이 들어온다". 이 빛은 희망의 빛과는 거리가 멀다. 공격적이고 두려운 빛. 빛이 너무 많아서 걷기가 힘들다고 울었던 아이를 향해 무한 사선처럼 찌르며 뚫고 들어오던 빛이다. 언덕을 오르는 행렬 역시 사선을 형성하는데 그것을 '무한 사선'이라고 부름으로써 윤은성의 시는 아이들을 향한 폭력과 공포가 오래 계속되어온 것임을, 그리고 앞으로도 계속될 것임을 보여준다.

네가 찾는 그 아이는 창고
건초 더미 위에 있어.
가서 쓰다듬어주든가.
입을 맞추어주든가.
어쨌든 오늘이 지나가기 전에 가보는 게 좋을 거야.
걔는 벌써 몇 번 죽은 적이 있잖니.
아니 죽기 직전까지 갔다던가.
너무 여러 번 죽었다 깨어나서 자기 자신이
잿더미에서 찾아낸 뼛조각인 줄 안다고 했던가.
[……]
유원지에 보내듯 좋은 옷을 입혀서.
몸의 자잘한 자국들을 덮은 채로.
비틀거리며 도로를 건넜었지.
다시 돌아올 것이란 생각을 안 한 것은 아닌데.
보내고 다시 데려오고,
엉거주춤 서 있는 아이에게
제발
네가 가고 싶은 곳으로
가라고
우리는 소리를 친 적 있지……

—「선셋 롤러코스터」 부분

'선셋 롤러코스터'는 대만의 팝 밴드 이름이기도 하지만, 해 질 녘의 롤러코스터가 풍기는 이미지만으로도 이 시는 독특한 분위기를 자아낸다. 실제로 이 시는 롤러코스터처럼 추락과 비상을 반복하며 공포와 기대로 얼룩진 아이의 상황을 그려내고 있다. 추락과 비상과 회전과 역회전을 반복하는 롤러코스터처럼 일몰의 시간도 한 번으로 끝나지 않고 되풀이된다. 이 지속이 끔찍함을 가중한다.

"네가 찾는 그 아이는 창고/건초 더미 위에 있"다고 아이의 근황을 알려주는 목소리가 있다. 화자의 목소리는 아이의 근황을 알려주는 데서 더 나아가 청자에게 어떤 행동을 촉구하고 있다. "가서 쓰다듬어주든가" "입을 맞추어주든가" 하라는 것. 아이를 위로해주라는 뜻이겠지만 위로라기보다는 위로를 빙자한 또 하나의 폭력처럼 느껴진다. "어쨌든 오늘이 지나가기 전에 가보는 게 좋을 거"라고 충고하며 아이가 오랫동안 폭력에 노출되어 있었음을 전한다. "걔는 벌써 몇 번 죽은 적이 있"고 "너무 여러 번 죽었다 깨어나서 자기 자신이/잿더미에서 찾아낸 뼛조각인 줄 안다"는 말. "갈 데가 없었"고 "도망치고 숨을 데"가 없었던 아이는 추락하는 것 말고 다른 선택지가 없었던 것처럼 보인다. 그렇게 아이는 "무표정한" 얼굴을 갖게 되었다.

아이를 위한답시고 하는 어른들의 말과 행동은 아이에게 또 하나의 폭력에 불과했을 것이다. "유원지에 보내듯 좋은 옷을 입혀서" "몸의 자잘한 자국들을 덮은 채로" 아이를 다른 사람에게 보내는 일은 끝까지 책임져줄 것이 아니라면 "보내고 다시 데려오고" 함으로써 아이에게 기대와 실망을 반복하게 하는, 그리하여 마침내 체념에 익숙해지게 하는 또 다른 의미의 정서적 폭력에 지나지 않았을 것이다. "엉거주춤 서 있는 아이에게/제발/네가 가고 싶은 곳으로/가라고" 소리치는 일과 그것이 얼마나 다를까. 생각해보면 특별한 아이만 이런 폭력에 노출되는 것은 아니다. 직접적인 위해는 물론 말할 것도 없지만, 아이를 위한다는 명분 아래 말로도 일관성 없는 행동으로도 어른들은 상처를 주었을 것이고, 청년이 된 아이들 역시 그런 상처 속에서 자라왔을 것이다. 아이의 근황을 전하는 저 목소리에서 기시감이 느껴지는 까닭은 여기에 있다.

윤은성의 시는 우리가 가까운 관계 속에서 서로에게 무심코 주었을 상처와 청년이 되고 성인이 되어서도 좀처럼 딱지가 앉지 않는 상처에 대해 생각한다. 이런 시선을 지닌 시인이기에 "종종 너는 텅 빈 운동장과 녹슨 철봉의 온도로 내게 스며든다"고 말할 수 있는 것인지도 모르겠다. "당분간은 둥그렇고 빼근한 것들로만 편지를 쓰게 될 것 같"다고 말하는 이 다정한 시인은 "굴러가 풀숲으로 사라지는 흰 공"과 "공을 찾기 위해 뛰어가는 아이와/남아 있는 아이들"의 이미지를 오래 기억하며 "접시에 이제 막 옮겨 담긴 계란빵의 냄새", 그 따뜻하고 다정한 "저녁"의 냄새를 전한다(「커튼 사이로 흰」).

4.

윤은성 시의 주체는 길 위에 서 있다. 가깝고 사랑하는 관계에서 상처를 주고받다가 결국 떠나올 수밖에 없었고 익숙한 곳을 떠나 오래 떠돌 수밖에 없었다. 아무도 나를 알아보지 못하는 곳으로 떠나고 싶다는 바람을 한 번쯤 가져보지 않은 사람은 드물겠지만 막상 훌쩍 떠나기는 쉽지 않다. 그런 점에서 윤은성 시의 주체는 자유롭다. 자유는 늘 외로움을 동반한다. 기억해야 할 것은 이렇게 상처투성이의 존재이지만 그가 여전히 사랑이 많은 주체라는 사실이다. 다정함을 잃지 않았다는 것은 나와 다른 타자를, 그리고 그와 꾸려갈 관계를 포기하지 않았다는 뜻이기도 하다. 그러므로 윤은성 시의 주체는 "나는 내가 두고 온 것이 도대체 무엇인지 생각하기를/영원히 멈출 수 없을 것 같다"(「일단락」)라고 고백한다.

흔들리는 문에 기대어 생각한다.

비열을. 비열이 비열한 자들의 통행증이라는 말을. 관성을. 저녁을. 평온이 평온한 자들의 영원성일 것이듯이.

호흡이 이어지는 날들의 주머니 속 지폐를.

달걀 프라이가 놓여 있는 식탁과.

티브이를 켜두고 외출한 사람들이 돌아갈 때의 양손. 늦게까지 열려 있는 베이커리의 위치와. 틀린 정산을 자책하며

마감을 미루고 있을 점원을.

녹슨 쇠의 냄새가 가시지 않는

희미한 잠들을.

*

쇠못 두 개가 바닥에 놓였었다.

박혔다 빠진 못이 두 개가 놓였었다.

길을 잘못 들어선 가난한 여행자처럼

어리석어 보이는 두 개의 굽은 못이

거기 자고 있었다.

표정과 조언의 습기가

관을 둘러싼 유령처럼 떠돌고
잡을 수 있는 손 없이 해명할 입 없이
그저 놓인 못이 인간처럼 누웠었다.

그 방이 빠지는 데에는
한나절도 걸리지
않았었다.

*

돌아오며 적는다. 결국 외출은 탈의가 불가능한 피곤을 겹쳐 입고 끝나는 것이라고. 아무런 표정도 짓지 않기 위해 힘주며 끝내는 것이라고.

겹쳐서 적는다. 우리는 어째서 서로와 더불어 희귀해지지 못했는가. 회답을. 비열을. 비열의 또 다른 범주들을.

또다시 시작되는 겨울과
닥쳐오는 말일들을.

형태를 알아볼 수 없게 된
녹슨 쇠못의 손가락을.

—「해解와 파열」 전문

박혔던 못을 뺀 후 어긋난 조각들을 다시 맞춰보려 했지만 이미 습기를 머금고 녹슬어버린 못만 우두커니 남아 원상태로 되돌릴 수 없었던 경험을 해본 적이 있는가. 윤은성의 시에는 그런 관계들이 자주 눈에 띈다. 어디서부터 어긋나버렸는지 알 수 없지만 풀어서 다시 잘 맞춰보기에는 이미 너무 늦어버린 관계들. 풀어보려는 시도조차 파열을 앞당길 뿐인 그런 관계 앞에서 망연자실한 표정의 주체와 종종 마주치게 된다. 어디선가 본 적 있는 자신의 표정 같아 오래 눈길이 머무르게 되는 시들을 읽다 보면 아픈 기억의 파편들이 떠올라 가슴이 욱신거린다.

이 시에서 인용하고 있는 베이다오의 시 「회답回答」은 "비열은 비열한 자의 통행증이며/고상함은 고상한 자의 묘비명이다"라는 문장으로 시작된다. 중국의 망명 시인 베이다오는 "너에게 이르노니, 세상이여/난—믿지—않는다!"라는 선언을 통해 하늘의 푸름, 천둥의 메아리, 거짓된 꿈, 죽으면 보복이 없다는 것을 믿지 않는다고 말한다. 문화대혁명을 통과하며 모두가 한 방향으로 믿음을 강요하던 시절에 다름을 선언한 시인의 전언을 윤은성 시의 주체는 오래 곱씹으며 생각한다. 그 생각의 대상에는 주체의 가난한 현실이 나란히 놓인다. "호흡이 이어지는 날들의 주머니 속 지폐"와 "달걀 프라이가 놓여 있는" 가난하고 소박한 "식탁과" 바로 돌아오려는 생각에 "티브이를 켜두고 외출한 사람들이 돌아갈 때의 양손". 야근이 잦은 사람들이 알고 있을 "늦게까지 열려 있는 베이커리의 위치와, 틀린 정산을 자책하며/마감을 미루고 있을 점원을". 그리고 "녹슨 쇠의 냄새가 가시지 않는/희미한 잠들"까지. 하루하루 성실히 일하며 근근이 버텨도 달리 기댈 데가 없는 주체는 "주머니 속 지폐를" 셀 수 있을 만큼만 "호흡이 이어지는 날들"을 살아가고 있다. 정산이 틀리면 급여에서 제해야 하므로 돈을 세고 또 세며 마감을 미루던 날들과 습기가 많은 집에선 가구 역시 습기를 먹어 "녹슨 쇠의 냄새가 가시지 않"고 그로 인해 깊은 잠에 들 수 없었던 나날을 흔들리는 문에 기대어 생각한다.

"평온이 평온한 자들의 영원성일 것이듯이" "비열이 비열한 자들의 통행증"이라는 것은 선택지가 없는 가난한 청춘에게는 절망적인 말일 수도 있다. 빠진 못을 다시 박아보려 했으나 망가져버린 가구처럼 이미 돌이킬 수 없게 된 관계에 대해서도, "박혔다 빠진" "쇠못 두 개"를 바라보며 시의 주체는 오래 생각했을 것이다. "어리석어 보이는 두 개의 굽은 못"에서 "길을 잘못 들어선 가난한 여행자" 같은 자신을 발견하는 주체의 시선이 어디서부터 연유한 것인지 알 것 같다. "잡을 수 있는 손 없이 해명할 입 없이/그저 놓인 못이 인간처럼 누웠었다"는 고백의 말은 주체의 경험을 관통하고 있다.

손 내밀 아무도 없고 자신의 말을 들어주거나 믿어줄 이도 없다는 지독한 고립감. 그것이 시의 주체를 오래 떠돌게 했을 것이다.

"아무런 표정도 짓지 않기 위해 힘주며 끝내는 것"이라는 삶의 태도를 시의 주체가 갖게 된 것은, 잘해보고 싶었으나 망쳐버린 관계에서 살기 위해 체득한 체념과 벗어날 길 없는 고립감 때문이겠다. 그러나 주체는 생각을 멈추지 않는다. "우리는 어째서 서로와 더불어 희귀해지지 못했는가." 상대방을 탓하고 자신을 탓하던 시간을 지나 이제 어쩔 수 없었던 청춘과 가난에 대해서, 어긋난 시간에 대해서, 하나로 환원되지 않는 비열에 대해서 질문을 던진다. "또다시 시작되는 겨울과/닥쳐오는 말일들" "형태를 알아볼 수 없게 된/녹슨 쇠못의 손가락"이 여전히 주체의 현실을 구성하고 있지만 서로와 더불어 희귀해질 수 있는 가능성에 대해서 생각하기를 포기하지 않는다. 비록 그것이 또 다른 파열을 낳을지라도.

> 홍콩에 가서 살 것이라고 했지
> 물론 또 다른 데서 살고 싶어지겠지만
> 아무래도 상관은 없다고 했지
> 우리는 평생 일상이라곤 가져볼 수 없는
> 사람들인 것 같으니까

지킬 것 없어진 사람이란 늘 그래
그런데 어째서 너는 나를
한심한 눈빛으로 보는 거지?
주머니에 잔돈이 얼마가 남아 있나
아직도 확인이 필요하니?
꿈을 이룬 뒤라야만
서로를 다시 찾아갈
용의가 생기는 것은 아닐 텐데
하나만 더 물어보자
너는 어째서
너를 필요로 하지 않는 사람과만
사랑에 빠지게 되는 거니

—「미드레벨 무빙워크」 전문

왕자웨이 감독의 영화 「중경삼림」을 본 이들이라면 '미드레벨 무빙워크'에 대한 낭만 같은 것을 가지고 있을 것이다. 언젠가는 홍콩에 가서 살면서 '미드레벨 무빙워크'를 날마다 이용할 거라는 이룰 수 없는 꿈 같은 것 말이다. 시의 주체도 "홍콩에 가서 살 것이라고" 습관처럼 말해왔다. 물론 또 다른 데서 살고 싶어질 테고 그곳 역시 영원한 정착지가 되지 못할 것임을 알고 있지만 "아무래도 상관은 없다"는 태도로 홍콩을 갈망하곤 했을 것이다.

"우리는 평생 일상이라곤 가져볼 수 없는/사람들인 것 같으니까". 주체의 상처와 외로움이 이 한마디에 다 들어 있다. 스스로를 "지킬 것 없어진 사람"이라 부른다고 해서 상처받지 않는 것은 아니다. 스스로 그렇게 말하는 것과 남들이 "한심한 눈빛으로 보는 거"는 엄연히 다른 문제이니까. 정착하고 싶지 않거나 일상을 갖고 싶지 않아서가 아니라 할 수 없고 가질 수 없어서 떠도는 것임을 잘 알고 있는 주체는 "한심한 눈빛으로" 자신을 보는 시선을 견디기 힘들어한다. "꿈을 이룬 뒤라야만/서로를 다시 찾아갈/용의가 생기는 것은 아닐" 테지만 가난한 청춘은 늘 고달프게 마련이다. 사랑도 꿈도 어떤 이에게는 쉽게 허락되지 않는다. 그럼에도 시의 주체에게는 이런 질문이 따라붙는다. 어쩌면 그 스스로 던지는 질문일 수도 있겠다. "너는 어째서/너를 필요로 하지 않는 사람과만/사랑에 빠지게 되는 거니". 그러나 어쩌란 말인가. 사랑이란 원래 그런 속성을 갖고 있는 것을. 위태롭고 불안하고 아프지만 그래서 더 빛나는 것이기도 한 것을.

「날의 지속」에서는 서로 어긋날 수밖에 없는 위태로운 관계가 "나무와 고래가 누워 있"는 모습으로 그려진다. 땅에 사는 나무와 바다에 사는 고래가 함께 누워 잠들기 어려운 것처럼 '나'와 '그'는 한 침대에서 잠들지만 "두 개의 잠"이 되고 만다. "좋은 일이라고/그는 말하고 잠"들지만 나는 "매트리스가 천천히/벽 속으로 들어"가는 환영을 보고 "그의 호흡"이 "가느다랗다"는 것을 느끼며 잠들지 못한다. "여기선 간격이 되기 위해/그 어떤 노력도/안 해도 상관이 없는데" 둘 사이의 간격은 점점 더 벌어지기만 한다.

열차는 여름내 정차해 있었다
객실 안에서 해가 뜨고 지는 것을 봤다
신문이 필요한 시간이었으나
소식이 정말로 어딘가에서 모이기도 하는지
알기는 어려웠다

그는 나에게 피차 무의미한 언쟁은 더는 하지 말자고
했다
분명한 것이 없는 만큼 그냥 좀 있자고 했다

바꾸어 가질 수 있는 그 무엇도 남아 있지 않을 때

그의 가지런한 손가락과
짐 속에 남아 있던 녹슨 관악기는
누구도 필요로 하지 않고

누군가 자주 우리를

등쳐먹으려고 했다

[……]

오래 함께 멈춘 애인이
뒷모습만 남은 유기견 하나가
이제 막 깨어나

내게 살길을 찾으라고 말한다

그건 내가 이전에 했던 것과 같은 표현

*

내가 아는 너의 부모는
생각보다 선량하고 눈물이 많지
그것은 너의 표현

공유한 것이 많았다

네가 깊이 잠들도록
가능하다면 너의 낮을 잠시 꺼주고 싶다

[……]

쇠냄새가 손에 배었다
부풀어 오르는 두 개의 통조림

*

나의 어린 할머니가
동료와
맨발로 객실을 줄곧 돌아다녔다고 했다

—「우리가 있었고, 여름」 부분

"여름내 정차해 있"고 "객실 안에서 해가 뜨고 지는 것을" 보는 열차의 이미지는 비현실적이어서 더 아름답다. 지나간 한 시절의 기억처럼 아련한 통증으로 남아 있는 여름의 열차 안. 그곳에서 그와 나는 나아가지 못하고 정차해 있었다. "그는 나에게 피차 무의미한 언쟁은 더는 하지 말자고 했"고 "분명한 것이 없는 만큼 그냥 좀 있자고 했다". 어디서 한 번쯤 들어봤을 법한, 날카롭게 신경을 긁는 말들이다. "바꾸어 가질 수 있는 그 무엇도 남아 있지 않"은 가난한 연인에게 세상은 가혹하기만 했다.

낭만은 한 시절의 것일 뿐 주머니가 비어갈수록 우리

가 함께 있다는 사실이 때론 더 고통스럽고 외로울 수도 있는 법이다. "알람을 맞춘 후 깨기 전에 죽고,/지나쳐 간 통로에서의 얼굴들을 가끔은 위에서 내려다보고," 하는 것으로 겨우 희망을 붙들고 있는 그런 방식의 삶. 그것이 나날의 일상이 된다면 누구라도 견디기 어려울 것이다. "이 역의 이름이 무엇이었는지 따위/어느 좌석에 누가 앉았는지 따위" "누가 더 한곳을 바라보며/오래 앉아 있었는지 따위"는 더 이상 아무런 의미를 지니지 않는다. 이따금 "보이지 않게 된 사람들을 잊었다는 데에 다시 한번 놀라"기도 하지만 이내 "다시 무덤덤해지기를 반복"한다. 가난하고 배고프고 지리멸렬한 일상의 반복과 지속. 그 속에서 아직 꿈을 꾸는 존재는 아이들뿐이다. "아이들"만이 "제 부모의 잠든 얼굴에 입 맞추며/알려준 적 없는 나라에서 선생이 되고 엔지니어가 되는 꿈을 속삭이고 있었다".

그런 날들이 반복되다 보면 한쪽은 현실을 회피하려고만 들고 다른 한쪽은 계속 의문을 제기하고 대화하려 들 것이다. 그 어긋남이 끊임없이 불화를 낳을 것이고. "그는 더욱 무심해지고/더 깊은 잠에 빠지고" 그와 나는 돌이킬 수 없는 관계가 되어버렸을 것이다. "먼 하늘에 움직이지 않고 있는/애드벌룬"은 그와 나처럼 "오래 함께 멈춘 애인" 같다. 정지한 애드벌룬처럼, 여름내 멈춰버린 열차처럼, 기억 속에 박제되어버린 우리가 함께 있었던 여름처럼, 더 이상 함께 있음이 무의미한 날들이 이어지고 있었다. "내게 살길을 찾으라고 말"하는 오래 함께 멈춘 애인이나 "뒷모습만 남은 유기견"의 말은 "내가 이전에 했던 것과 같은 표현"임을 나는 깨닫는다. 파탄 난 관계는 이제 돌아갈 길이 없다.

그와 나는 "공유한 것이 많았다". "내가 아는 너의 부모"에 대해서도 말할 수 있을 만큼. 그러나 그것이 함께 나아갈 수 있는 이유가 되지는 못했다. 이미 멎어버린 관계에서는. 그럼에도 '나'는 너에 대한 다정함을 잃지 않는다. "네가 깊이 잠들도록/가능하다면 너의 낮을 잠시 꺼주고 싶다"고 생각한다. "목 안에서 그간/여러 차례 꽃이 피고 졌"고 그만큼 많은 일이 있었지만 "너의 손가락 마디들을 만지며 잠들 때의/이야기"가 아직 둘 사이에는 남아 있을 테니까. "부풀어 오르는 두 개의 통조림"처럼 상해버린 관계임을 이제 나는 받아들일 수밖에 없다. 그 여름의 모든 것을 받아들이게 되자 아름다운 풍경 하나가 떠오른다. "나의 어린 할머니가/동료와/맨발로 객실을 줄곧 돌아다녔다"는 이야기. 그 여름의 그와 나의 이야기는 끝이 났지만 한편으로 그것은 긴 역사를 가진 이야기였다. 나의 어린 할머니와 동료에게도 그런 여름이 있었을 것이고 그것은 나와 그만의 특별한 여름은 아니었는지도 모른다. 이 장면이 덧대지는 순간 가난한 청춘들의 가슴 아픈 이야기는 기억이 되고 역사가 된다.

5.

이제 윤은성 시에 종종 등장하는 식탁의 기억과 갈망에 대해 이야기할 차례다. 식탁은 함께 밥을 먹는 공간이자 일상을 영위하는 공간이지만 때론 홀로임을 절감하는 공간이 된다. 윤은성의 시에서 식탁이나 원탁은 무언가를 함께 먹거나 나누는 공간으로 등장하는데 음식만 나누는 것이 아니라 말도 일상도 함께 나눈다. 둘러앉은 사람들이 있을 때 그 공간은 완성되지만 둘러앉은 사람들의 허위와 위선과 기만을, 날카롭게 주고받는 상처의 말들을 확인하는 공간이 되기도 한다.

해보려고 해도 안 되고 열받은 건
나일뿐이라는 건가

미리 녹은 내가 멀리서 그를 바라본다

아직 다 지나가지 않았구나

원탁들이 서로를 지치지도 않고
통과하는 금요일 저녁

*

나를 지나간 원탁들을 모두 모아둔 창고를
불 질러버려도 된다면
그때는 더욱 마음놓고 온갖
내 사랑을 담아 태워버리려고 한다
커다란
하나의 마지막 원탁이
꿈쩍도 안 하는지 그때 가서 보기로
지금은 나의 원탁들을 아껴
나의 모든 다정을 다해
기록해두기로

나는 부드럽고
나는 이제 원탁과 원탁의 바깥에서
나를 실험하기로 한다

—「원탁 투명」 부분

"견디는 게 아니라 통과하는 거"라는 시의 한 구절을 곱씹으며 '나'는 원탁에 둘러앉아 "먹태를 집고 또 집어/오래 씹어 삼"키고 있다. 흔한 술자리를 떠올릴 수 있지만 오가는 충고와 격려의 말을 들으며 이상한 감정에 휩싸인다. 말들이 흘러넘치는 "원탁 위/사실들의 얼굴이/무섭고 또 다정하다고 생각"한다. 대개 타인에게 느끼는 무서움과 다정함은 단순하지 않다. 다른 성질의 감정처럼 보이지만 무서울 만큼 다정하거나 다정해서 무섭기도 한 것이 사실이니까. 원탁은 공평한 지분을 가지고 있는 공간처럼 보이지만 원탁 위에서 오가는 말들은 이질감을 형성하기도 하고 한 공간에 있으면서 종종 투명해지는 순간을 빚어내기도 한다.

"원탁들이 서로를 지치지도 않고/통과하는 금요일 저녁"에 사람들과 둘러앉은 주체는 그와의 거리, 타자와의 거리를 오히려 실감한다. "해보려고 해도 안 되고 열받은 건/나일뿐이라는 건가"라는 의문을 통해, 원탁에서 오가는 생각 속에 쉽게 녹아들지 못하는 자신을 드러낸다. 그와 나의 거리는 이미 벌어져 있다. 통과라는 말을 각별히 간직하며 한 시절을 지나가보려 했지만 "아직 다 지나가지 않았"음을 깨닫고 만다.

"나를 지나간 원탁들을 모두 모아둔 창고를" 시의 주체는 상상한다. 그 창고를 "불 질러버려도 된다면/그때는 더욱 마음놓고 온갖/내 사랑을 담아 태워버리려고 한다"고 고백하면서. "지금은 나의 원탁들을 아껴/나의 모든 다정을 다해/기록해두기로" 한다는 다짐을 떠올리지 않더라도 '나'는 다정이 넘치는 사람이다. 나를 지나간 원탁들이 모여 지금의 나를 이루었음을 아는 사람이다. 그러므로 "나는 부드럽고/나는 이제 원탁과 원탁의 바깥에서/나를 실험하기로 한다". 시의 주체가 기록해갈 "모든 다정"이, 원탁과 원탁의 바깥에서 사람들과 더불어 때로는 사람들로부터 거리를 유지하면서 관찰하고 기록할 다정하고 아름다운 세계가 궁금해진다. 아마도 그것은 "누군가를 지나친 기분이 들었으므로" 쓰게 된 "영원"과 "겨울의 도끼"와 "공원"처럼 우연히 펼쳐지는 아름답고 기이한 세계 같은 것이겠다. 움직임이 있고 그 움직임의 기척을 예민하게 알아차리는 주체가 있고 움직임의 방향성이 공원의 풍경을 만드는 살아 있는 세계. "물이 어는 속도로/얼음이 갈라지는 속도로/겨울의 공원이 생기"고 "해가 저물도록 벤치에 앉아서 책을 읽던 사나이"와 "그대의 곁에서 넘어지고 일어서는 어린 수리공들"이 있고 "수리공이 모두 모이자/그대에게 주려던 꽃이 굳고/페인트가 빠르게 갈라지기 시작"하는, 그렇게 공원 안에 있는 존재들이 살아서 움직이며 전개하는 풍경 말이다(「공원의 전개」).

테이블 안과 밖에서 시의 주체는 많은 것을 알아가려고 한다. 가령 숭고 같은 것. "숭고는 알아갈수록 그다지 숭고해 보이지 않아서 나는 정말이지 난감했다"고 고백하면서도 그래서 "숭고가 무겁고, 진저리 나고, 침을 뱉어주고 싶"다고 느끼다가도 "차마 숭고를 부르지는 못한 채 지하철을 타고/주말에는 혼자 광장으로" 간다. 숭고에 대한 나의 감정은 복잡하기만 하다. "나는 내가 너무 숭고와 닮아갈까 봐/진저리 나고/그렇다고 숭고가 아주 나를 떠난다고 하면/그것은 또 웬 무책임일까 싶다." 이런 나의 마음이 "곤욕이고, 더럽고 무책임"임을 모르지 않지만 그것이 곧 내가 생각하는 숭고이자 '나의 소울메이트'임을 시의 주체는 고백한다(「나의 소울메이트」). 윤은성의 시에서 숭고와 곤욕, 더러움은 동전의 양면처럼 한 몸에 존재한다. 종교와 시의 차이는 곤욕과 더러움에서 오히려 숭고를 상상하는 데 있을지도 모르겠다. 숭고와 자신이 닮아갈까 봐 진저리를 치면서도 주말에 혼자 몰래 광장에 나가는 마음 같은 것. 숭고와 하나가 되지도 않으면서 숭고와 너무 멀어지지도 않게, 숭고를 너무 믿지도 않으면서 부정하지도 않는 그 자리. 아마도 그 자리에 종교와는 다른 시의 자리가 마련되어 있는 것은 아닐까.

짐작할 수 없다

죽고 나서도 그것은 변하지 못하리라고 생각한다
단지
이제는 나는 다른 곳에서 고양이를 기른다

고양이는 나와 함께 천천히 태양이 지는 시간 가운데
에 놓여 있고

빠르게, 최대한 다정을 숨기지 말자고 다짐하며 죽어간다

다 알 수는 없지만

밖에 새소리가 이전보다 많이 들리는 곳에서 지내고
볕이 잘 드는 방을 고를 줄 안다

짐작을 아끼면서
그러나 더욱더 짐작해보려고 하면서

쓴다

나를 찾아낸 손이
있다는 것이
믿겨질 때가
있다

—「나의 서울」 부분

긴 터널을 지나와 윤은성의 시적 주체는 잠시 머물 곳을 찾은 듯하다. "몇 달에 한 번씩/가진 게 없는 연인들이/결혼식을 감행하는 곳"에서 "오래 비우는 집을 맡겨도 좋"은 선배와 동료 들을 너무 멀지도 가깝지도 않은 거리에 두고서. 비록 "잃었던 동전 같은 그 애가 살

아와/드리는 기도의 내용을/나는 짐작할 수 없"지만 "죽고 나서도 그것은 변하지 못하리라고 생각"하는 자신을 인정하면서, 이제는 "다른 곳에서 고양이를 기"르며 살아가고 있다. "최대한 다정을 숨기지 말자고 다짐하"는 나는 "다 알 수는 없지만" 다 알 수 없는 것이 인생임을 인정할 줄 알게 되었다. "밖에 새소리가 이전보다 많이 들리는 곳에서 지내고/볕이 잘 드는 방을 고를 줄"도 알게 되었다. 짐작이 누군가에게 상처가 될까 봐 "짐작을 아끼면서/그러나 더욱더 짐작해보려고 하면서" 다정을 숨기지 않은 채 살기로 한다.

글을 마무리해야 할 때가 왔는데 아직도 윤은성 시의 매력에 대해 못다 한 이야기가 많다. 이 예민하고 생각이 깊고 금세 사라져버릴 것 같고 그러면서도 다정함을 잃지 않는 시의 주체에 대해 좀더 이야기하고 싶어진다. 우리에겐 남은 이야기가 많다. 우리가 지나온 청춘과 한 시절의 여름과 멈춰버린 열차에 대해서. 시인이 창조한 공원과 세계에 대해서. 낯선 조합의 언어가 열어놓은 기이한 아름다움에 대해서. 다시는 돌아갈 수 없는 슬프도록 아름다운 한 시절에 대해서. 그리고 윤은성의 시가 앞으로 펼쳐놓을 테이블 바깥의 아름다움과 파열에 대해서. 이제 우리가 아름다운 한 시인의 탄생을 다정한 눈으로 지켜볼 차례다. ▨